Die Musikerin und Autorin Almut Klotz beschreibt in diesem Buch ihre Liebesgeschichte mit dem Musiker und Autor Rev. Christian Dabeler – den sie im Mai 2013 heiratete. Zugleich aber ist »Fotzenfenderschweine« eine Abrechnung mit der Indie-Pop-Szene und den alten und neuen Frauenrollen darin. Almut Klotz schreibt leidenschaftlich und mitreißend, offen und ohne Denkverbote.

Almut Klotz hat mit ihrem Text eine genaue Beschreibung eines Künstlerlebens gegeben und eine wunderschöne Liebesgeschichte mit allen Höhen und Tiefen erzählt.

Bis zu ihrem Tod hat sie an »Fotzenfenderschweine« gearbeitet, der Text erscheint nun erstmals und ungekürzt aus ihrem Nachlass.

Almut Klotz-Dabeler, 1962 in Pforzheim geboren, kam 1985 nach Berlin. Mit Funny van Dannen und Christiane Rösinger gründete sie die Band Lassie Singers, die sich 1998 nach zehn Jahren auflöste. Mit Rösinger betrieb sie auch das Label Flittchen Records und die Flittchenbar. Den Popchor Berlin gründete sie 2001, der Chor nahm Coverversionen bekannter Popsongs auf. Mit Rev. Christian Dabeler bildete sie ein Duo, die Platte »Klotz+Dabeler« erschien 2007.

Klotz arbeitete auch als freie Autorin, von 2001 an erschienen zehn Jahre lang ihre Kolumnen in der Berliner Zeitung. 2005 veröffentlichten Klotz und Dabeler den gemeinsam verfassten Roman »Aus dem Leben des Manuel Zorn«, der Erzählungsband »Tamara und Konsorten« erschien 2008.

Almut Klotz starb im August 2013. Das Album »Lass die Lady rein«, das sie gemeinsam mit Dabeler aufgenommen hatte, erschien eine Woche nach ihrem Tod.

ALMUT KLOTZ

FOTZENFENDER-SCHWEINE

Herausgegeben von Reverend Christian Dabeler
und Aaron Klotz

Mit einem Nachwort von Jörg Sundermeier

VERBRECHER VERLAG

Erste Auflage
Verbrecher Verlag Berlin 2016
www.verbrecherei.de

© Verbrecher Verlag 2016
Lektorat: Kristina Wengorz
Satz: Saskia Kraft
Umschlagfoto: Nelja Stump
ISBN: 978-3-95732-165-7

Printed in Germany

Der Verlag dankt Philipp Böhm und Kirstin Schikora.

Ich hab einen neuen Mann getroffen.
Dies nicht zum ersten Mal, ich meine:
Er ist nicht der erste, den ich getroffen,
Doch der erste, bei dem ich verstanden habe,
Zwei und zwei ist nicht immer vier,
Sondern eher eine Empfindungsfrage.

Dabei sagt er selbst oft, man müsse nur
Zwei und zwei zusammenzählen.
Doch raus kommt bei ihm, zum Beispiel, dann,
Dass, wenn man die Welt auch nur im Ansatz begreift,
man das Alphatier Goethe nicht lieben kann.

Dieses intrigante, von Feigheit durchsetzte,
Dieses nur im Diebstahl talentierte,
Als Schriftstellerikone einer in Wahrheit
Durch und durch bürgerlichen Kulturlosigkeit
Gehandelte Schwein, dem man posthum

Für seine perfiden Machenschaften
In seine widerwärtige Fresse hätte dreschen sollen –
Den könne man nicht lieben,
Er hielt an, ach so, wir waren im Auto.
Ich bin geblieben.

Mir gefielen seine Hasstiraden,
Auch wenn er den krudesten Theorien
mit donnernder Stimme und zornigem Blicke
Ein »Da gibt's ja wohl keine zwei Meinungen«
Hinterherschickte.

Seine, ich sag mal: saftige Sprache
Hat mich anfangs doch sehr irritiert.
»Die haben mich gefickt«, war der Kommentar,
wenn das Mischpult, das er ersteigert hatte,
Am Montag noch nicht gekommen war.

Beim Gespräch über Film und Schauspielerei,
Was natürlich eine verfickte Sache sei,
Wurde aus Klaus Maria Brandauer
Klaus Maria Fotze Brandauer –
Ohne große Herumeierei.

Auch wenn man nur ins Café mit ihm geht,
Wird aus der hübschen Bedienung,
Die freundlich nach den Wünschen fragt,
»Eine »hinterfotzige Kuh, schau sie doch an«,
Die dich »im Zweifel vor die Hunde jagt.«

Ich muss gestehen, ich hatte manchmal
Ein einsames Gefühl, vielleicht wie die
Angehörigen von
Tourette-Syndrom-Befallenen,
Nein, vergessen Sie's, ich nehm's zurück,
Das hatten wir ja schon.

Alles nicht so schlimm, man lernt mit der Zeit
Zu differenzieren.
»Verfluchte Schweinescheiße« beispielsweise,
Ist als harmlos, fast liebevoll,
Zu interpretieren.

Der Mann hat auch andere Seiten,
Man muss mit ihm nur ans Wasser gehn.
Dort wird er ganz weich und vergisst
»Das beschissene Leben, das nur daraus besteht,
Dass der eine den anderen bepisst.«

Vor uns der Fluss, die Auen, der Wind,
Eine Entenfamilie zieht vorbei,
Wir schauen ihr beide nach.
Die Entenmutter schnäbelt herum
Er drückt meine Hand: »Ach.«

Eine Trauerweide bauscht sich kokett,
Ein Zweig bricht ab und wird von dem
Großen Strom mitgerissen
Er sagt mit nassen Augen: »Hier hat der
liebe Gott hingeschissen.«

1.

Eigentlich hätten wir uns Anfang der 80er über den Weg laufen müssen, als ich nach Hamburg gezogen bin und als Showgirl in einer Peepshow auf der Reeperbahn gearbeitet habe, fast zwei Jahre lang. Rev trieb sich zur selben Zeit auch viel auf dem Kiez herum, im *Chikago,* im *Top Ten,* kannte Nutten und Zuhälter, mit denen er saufen war. Der Hamburger Kiez war ihm schon als Kind nicht fremd, schließlich wohnte die Oma in der Hein-Hoyer-Straße, seine Mutter wäre beinahe »Schönheitstänzerin« im *Regina* geworden, hätte sie nicht gerade noch rechtzeitig geheiratet, während sein Vater immer wieder sagte: »Wenn ich deine Mutter nicht geheiratet hätte, ich wäre Zuhälter oder Schieber geworden, ganz normal.«

Gut, wir sind uns also nicht über den Weg gelaufen, 1983, 1984, oder jedenfalls nicht bewusst. Ich bin allerdings auch meistens nach der Peepshow nach Hause gegangen, oder ins *Mikie's Pan,* ins *frank und frei* – also ganz andere Baustelle.

Dass wir uns dann in der frühen *Pudel-* und Prä-Hamburger-Schule-Zeit auch nicht kennengelernt haben, grenzt schon an ein Wunder. Schließlich spielte Rev Orgel bei Rocko Schamoni, mit dem wir *Lassie Singers* wiederum viel zu tun hatten. Rocko lud uns ein, im *Pudel* zu spielen, im alten Pudel in der Kampstraße, und seitdem hatte man auch privat miteinander zu tun, hing nächtelang im

Sorgenbrecher, im *Caspar's Ballroom,* im *Tempelhof* herum oder besuchte sich gegenseitig im Studio.

Rev behauptet immer wieder gerne, dass er mich mal auf Rockos Bett gesehen habe, als er bei ihm was abholte, und dass es ihm einen Stich versetzt hätte und er noch lange schlechte Laune hatte.

Das höre ich zwar gerne, aber ob es wahr ist, kann ich nicht sagen. Da haben immer wieder irgendwelche Typen geklingelt und was abgeholt bei Rocko. Andererseits habe ich nicht allzu oft alleine bei Rocko auf dem Bett herumgefläzt.

Nächste Szene: Berlin, *Friseur,* ca. 1993. Ich bin mit ich weiß nicht mehr wem da, und wir beobachten eine Gruppe sehr lauter und arroganter, aber auch gut aussehender Typen, die Tequilas auf ex trinken und die Gläser danach hinter sich werfen. Sie sind schon völlig besoffen, und ich bin halb angeekelt, halb fasziniert von ihnen. Dass es Hamburger sind, sieht man sofort an den schicken Klamotten. Sie sind total mit sich selbst beschäftigt und vom restlichen Geschehen abgeschottet, dies aber, da bin ich mir sicher, ganz bewusst, eitel wie sie sind.

Ich gehe irgendwann nach Hause, und auf der Straße krakeelt mir jemand nach: »Heeey.« Ich schaue mich nicht um.

Ob man das schon als Begegnung bezeichnen kann? Eher nicht.

Ganz bestimmt habe ich Rev im Sommer 2001 getroffen. Ich saß im Berlin-Hamburg-Bus, den ich »Zauberbus« nannte, weil er bei jeder Wetter- und Verkehrslage immer genau drei Stunden und zehn Minuten brauchte. Im Bus traf ich Chris, einen alten Kreuzberger Bekannten. Ich erzählte ihm, dass ich am nächsten Tag eine Lesung hätte, wo hinterher Jim Avignon spielen würde, und er erzählte, dass er mit seiner Band *Universal González* im Studio wäre.

»Kenn ich nicht.«

Nee, wäre ja auch ihre erste Platte, der Reverend mache auch mit.

»Kenn ich nicht.«

Was, ich kenne Reverend nicht, das könne doch gar nicht sein, Rev, Reverend Ch. D., der beste Organist Hamburgs, *der Reverend* eben?

»Nee. Kenn ich nicht.«

Ich war also 1982 vom Schwarzwald nach Hamburg gezogen. Nicht dass es dafür einen Grund gegeben hätte, einen Studienplatz oder so was in der Art. Es war einfach so, dass alle nach dem Abi irgendwohin zogen, um irgendeine Ausbildung zu beginnen. Von mir aus hätte das Leben der Boheme einfach so weitergehen können, ich hatte nicht das Gefühl, an der Piefigkeit der Provinz zu ersticken. Aber die Boheme verstreute sich in alle Winde. Als ich dann im November 1982 eine Reisetasche packte, hieß mein Ziel nur deshalb Hamburg, weil ich nicht wie alle nach Berlin gehen wollte. Was für ein absurdes Bild: mit einer Reisetasche vor dem Elternhaus zu stehen und den Daumen rauszuhalten – und das sollte der Augenblick der endgültigen Abnabelung sein?

In Hamburg bekam ich gleich mal eine bittere Lektion erteilt: Da war ich gar niemand. Die WGs, bei denen ich mich vorstellte, wollten mich alle nicht. Mein erstes Zimmer war in einer Straße mit dem lustigen Namen *Durchschnitt*. Der Rest der Wohnung wurde vom Vermieter als Teppichlager benutzt. Immer mal wieder, auch nachts, kamen Männer und schleppten Teppiche rein oder raus. Ich dachte mir nichts dabei. Dafür war die Miete schön billig.

Nach einer Weile bekam ich doch noch ein Zimmer in einer WG, diesmal hörte die Straße auf den lustigen Namen *Kleiner Schäferkamp*. Außer mir wohnten noch drei Chilenen in der Wohnung, von denen einer abends immer drei rohe Eier aß für die Potenz und morgens in meinem Bett sein Glück versuchte. Tausend Mark für eine Heirat wurden mir auch schnell geboten, wegen der Aufenthaltsgenehmigung. Mir war klar, dass meine neuen Mitbewohner auf der sozialen Leiter Hamburgs noch weiter unten standen als ich, und das schweißte uns zusammen. Es war nämlich so, dass ich meines badischen Dialektes wegen überall nur belächelt wurde; in der Metzgerei in Sülldorf, wo ich inzwischen als Verkäuferin arbeitete, ebenso wie bei der Kassiererin im Supermarkt – ich wurde nicht ernst genommen. Damals war Hamburg noch Einzugsgebiet für Norddeutsche, da kam niemand aus Bayern oder Schwaben zum Studieren her.

Zur Peepshow kam ich eigentlich über meinen Vater. Der sagte eines Tages aus Spaß am Telefon: »Ich hab' im *Spiegel* einen Artikel über die Reeperbahn gelesen. Da könntest du doch arbeiten.«

Und ich antwortete ebenso scherzhaft: »Klar. Mach ich.«

Dass ich mich überhaupt in so einen Schuppen reintraute, um mich zu bewerben, war eine echte Mutprobe. Womöglich musste ich mich vor dem Personalchef ausziehen und ihm was vorstrippen? Von wegen. Die nahmen eigentlich jede, sozusagen ungesehen. Fettleibigkeit, Hasenscharte, blühende Narben, alles kein Problem. »Wann kannst du anfangen?«

An meinem ersten Arbeitstag schossen sie ein Foto von mir, das im Schaukasten hing, wenn ich Schicht hatte. Sie überlegten, welchen Namen sie unter das Bild schreiben sollten. »Ach, du hast doch dunkle Haare. Wir nennen dich einfach Ilona, Ilona aus Verona, das klingt doch gut, oder?«

Die nächsten beiden Jahre wurden mir vonseiten meiner Familie keine lästigen Fragen mehr über meine Berufspläne gestellt. Das trauten sie sich bei Ilona aus Verona nicht.

1985 kapitulierte ich, kehrte dem hochnäsigen Hamburg den Rücken und zog nun doch nach Berlin. Bald landete ich im *Fischbüro*, einer Art Jugendzentrum für Nicht-erwachsen-werden-Wollende. Endlich fühlte ich mich wieder geborgen in einer Boheme. Und dann hatten sich auch schon die *Lassie Singers* gegründet, die einen zehn Jahre lang vor der Frage retteten: Womit soll ich eigentlich mein Geld verdienen?

Als ich Chris im Zauberbus traf, waren die *Lassie Singers* zwar schon aufgelöst, aber mit dem für die *Best of* und die *Rest of* extra gegründeten Label *Flittchen Records,* mit der mittwöchlichen *Flittchenbar* im Maria am Ostbahnhof, mit meiner neuen Band *Maxi unter Menschen* und ersten Lesungen war ich immer noch beschäftigt genug.

Chris kam dann tatsächlich zur Lesung, zusammen mit einem düsteren Mann, und der zusammen mit einem kleinen Hund. Der kleine Hund lief herum und lenkte die Zuschauer ziemlich ab, was mich nervte. Mit seinem gedrungenen Körper und den kurzen Beinen erinnerte er mich an ein Schwein, ich nannte ihn für mich »Schweinshund«. Irgendwann stand der Mann auf und ging mit seinem Hund nach draußen. Das war mir dann allerdings auch wieder nicht recht. Ich hoffte sehr, dass er nicht gegangen war. Tatsächlich kam er nach der Lesung wieder mit dem Schweinshund herein, der auf den Namen Lucie hörte, und Chris stellte mir »den Reverend« vor. Wir unterhielten uns ein bisschen, es war egal über was, ich war begeistert von dieser ruhigen tiefen Stimme und von dem ganzen Mann, der etwas sehr Trauriges und Unnahbares an sich hatte. Gleichzeitig war er wie ein Mann von Welt angezogen, wie man es aus Berlin gar nicht kannte. Schwarzer Mantel, Kaschmirschal, blank gewichste Schuhe und so. Während alle nach der Lesung draußen überdreht herumspackten, in kurzen Jacken und fleckigen Hosen, stand der geheimnisvolle Mann mit Chris etwas abseits und sah in seinem sehr langen Mantel mit xxx Kragen fast aus wie ein Pastor. Er bewegte sich kaum, nur seine Hände drehten eine Zigarette nach der anderen, und ein großer Rubin blitzte an seinem Finger auf.

Nach Jims Konzert ging es darum, wo geht man hin und wer kommt mit. Ich fragte Chris und seinen Freund, ob sie mit in den *Pudel* kämen, aber Reverend meinte, das wäre ihm dort zu wuselig, und Chris hatte auch wenig Lust. Ich wagte zu fragen, wo die beiden hingingen.

Reverend sagte: »In so eine Weinstube bei mir um die Ecke, in Altona.«

Weinstube hörte sich für mich nach gediegener Langeweile an. Außerdem war klar, dass ich Jim und die anderen da nicht hinbekommen würde. Also verabschiedeten wir uns, und Reverend gab mir noch seine Telefonnummer, weil ich am nächsten Tag mit Chris und einem Freund von ihm nach Berlin zurückfahren konnte. Ich war ein bisschen traurig, aber durch das ganze Zusammenpacken und die anderen Bekannten auch schnell abgelenkt. Außerdem hatte ich seine Telefonnummer.

Am nächsten Tag rief ich an, war ganz schön aufgeregt, aber nach ein paar Sätzen darüber, wie man den Abend noch verbracht hatte (»Im *Pudel* war auch nicht mehr viel los, wir sind dann bald gegangen«), sagte die schöne Stimme leider: »Aber du willst bestimmt mit Chris sprechen«, und gab mich weiter.

Das war's dann für ein weiteres Jahr.

2.

Mein Exfreund erzählt mir von einem Auftritt seiner Band *High Folks* in Hamburg in einem chinesischen Restaurant, anlässlich irgendeiner Feier. Das Konzert ging wohl ziemlich nach hinten los, blöde Leute, blöde Stimmung. Und dann sagt er: »Dabei hat sogar Reverend Orgel gespielt.«

Ich bin wie elektrisiert. Ich hatte ihn tatsächlich vergessen. Aber kaum ist der Name ausgesprochen, ist der Mann dazu so was von wieder da, es ist wie ein elektrischer Schock, der bis in die Fingerspitzen geht, und es besteht kein Zweifel: Ich muss sofort etwas unternehmen.

Zum Glück habe ich in der Zwischenzeit einen Chor gegründet, den *Popchor Berlin*. Ich arrangiere Lieblingssongs um für drei Stimmen, übe das mit den ca. 25 Chormitgliedern und begleite sie mit meinem ollen Casio CA-100, das ich mal in irgendeinem Proberaum entdeckt und liebgewonnen hatte. Dann suche ich für jeden Song einen Musiker, der dazu ein Playback macht, das meine rudimentäre Casio-Begleitung ersetzt. Geld kann ich keins zahlen, aber das ist in Berlin auch nicht so ein Ding.

Ich bin echt zu blöd, aber Fehmi sagt: »Na, ruf doch den Reverend einfach an und frag ihn, ob er auch so ein Playback macht.«

Gesagt, getan – kann man in diesem Fall wirklich nicht behaupten. Es ist für mich eine so unüberwindbare Hürde, den traurigen Mann anzurufen unter diesem Vorwand, ich habe das Gefühl, er würde das sofort durchschauen. Ich muss mit dem Belohnungsprinzip arbeiten: Wenn ich ihn angerufen habe, darf ich Alkohol trinken, darf ich den Film gucken, darf ich ausgehen. Eigentlich bin ich ganz froh, dass die ersten 45 Versuche beim AB enden: »Telefon Hamburg 3806302. Sie können eine Nachricht hinterlassen.« Sehr hanseatisch ausgesprochen, also ›Telefon‹ wie ›Teelefoun‹, mit ultratiefer Stimme, arschcool.

Irgendwann, als ich schon gar nicht mehr daran denke und nur auf die schauerbescherende Stimme auf dem AB warte, geht er tatsächlich ran. Ich stottere mein Anliegen, sage, wir haben uns mal auf so einer Lesung in einer lesbischen Buchhandlung getroffen. Er kann sich nicht erinnern. Ich weiter mit meinem *Popchor,* dass ich für das Lied *How soon is now* von den *Smiths* ein Playback suche. Kennt er nicht. Ich singe es ihm vor und sterbe vor Scham, weil ich erst beim Singen merke, dass der Song praktisch ein einziger Schrei nach Liebe ist. Wie auch immer. Als ich auflege, habe ich eine Verabredung mit Reverend bei ihm zu Hause.

Ich kaufe mir eine Bahncard 50, deshalb weiß ich noch den Tag: 17.3.2002. Vor meiner Zugfahrt nach Hamburg ist noch eine Probe mit dem *Popchor,* bei der ich eine Aufnahme von *How soon is now* machen will. Ich habe mein letztes Geld in ein schwarzes Top mit Horrormotiv, ein graues Polo-Shirt für drunter und eine beigefarbene Hose bei H&M investiert. Schon während der Probe bin ich so aufgeregt, dass ich mich ständig mit dem Casio verspiele, sodass die Aufnahme mehrmals gemacht werden muss.

Später haben mir mehrere Chormitglieder unabhängig voneinander gesagt, dass ihnen der Zusammenhang völlig klar war. Reverend wohl auch. Aber das wusste ich zum Glück nicht.

Als ich in Hamburg-Altona ausstieg und mich auf den Weg zu seiner Wohnung machte, war ich mehrmals kurz davor, wieder umzukehren. Es schossen so Gedanken herein wie: *Ich muss das ja gar nicht machen! Das ist freiwillig! Ich kann jederzeit einfach gehen!* Und das war ungeheuer erleichternd. Aber dann stand ich halt doch vor der Tür. Es dauerte lange, bis jemand die Treppe runterkam und die Tür aufschloss. Ich war erschrocken. Ich hatte ihn ganz anders in Erinnerung gehabt. Er wirkte struppig und verwahrlost, vor allem abwesend, und bevor er langsam vor mir barfuß die Treppen hinaufstieg, schloss er die Haustür ab. Oben in seiner Wohnung war es so schummrig, dass ich kaum etwas erkennen konnte außer einem langen Flur und bordeauxrotem Teppich überall. Er führte mich gleich ins Studiozimmer. Dort brannte nur eine Kerze. Ich tastete mich zu dem Hocker, den er mir anbot, und schaffte es, über keines der zahlreichen Kabel am Boden zu stolpern.

Die ganze Situation war so fremd und machte mich so verlegen, dass ich gleich die CD herausholte und zur Sache kam. Reverend wies auf eines der schwarzen Geräte, die man in der Dunkelheit kaum unterscheiden konnte, und ich fand mit einiger Mühe den CD-Player, den Schlitz und die Starttaste. Das alles kam mir vor wie ein Test von einem Hexenmeister. Ich hätte mich nicht gewundert, wenn er kabbalistische Formeln gemurmelt oder wenn Petrosilius Zwackelmann um die Ecke geschaut hätte. Stattdessen war Reverend plötzlich ganz konzentriert und sachlich mit der Aufnahme beschäftigt und bearbeitete mit sicheren Handgriffen den Sound. Wir beredeten die Vorgehensweise.

Ich sagte: »Bezahlen kann ich nichts.«

Und er: »Hab' ich mir schon gedacht, halt so Berlin-Style.«

Später gingen wir zur Weinstube, die mir dem Namen nach ja bereits bekannt war. Sie war schon geschlossen, aber noch beleuchtet, und auf Reverends Klopfen wurde die Tür geöffnet. Eine Frau und zwei Typen waren noch dabei die Abrechnung zu machen, hatten es dabei aber überhaupt nicht eilig und brachten Wein und einen Käseteller, der dann allerdings zu meiner Enttäuschung nicht für uns, sondern für den Schweinshund war. Wir hörten die neue Johnny Cash *American Recordings*. Die anderen erzählten sich Weinstubenanekdoten und redeten über Leute, die ich nicht kannte. Bald hatte Reverend die Füße von Pia auf dem Schoß, massierte sie und gab Wünsche an die Küche durch. Ich wurde null beachtet und überlegte ständig, ob ich einfach gehen, ob ich eine Freundin anrufen oder ob ich mich einzubringen versuchen sollte. Wobei da niemand drauf wartete. Zwischendurch schlief Reverend ein, dann redeten die anderen ohne ihn weiter, und wenn er aufwachte, stieg er wieder direkt ein, das schien kein Ding zu sein. Zum Glück wurde ich langsam warm mit Pia und Karl, Johnny Cash sei Dank.

Irgendwann wurde beschlossen, mit ein paar guten Flaschen Wein aus der Weinstube zu Reverend zu gehen. Dort hörten wir Schallplatten, *Roxy Music* und David Bowie, und ich war erleichtert, dass bei dem Hexenmeister doch so normale Sachen wie Plattenhören (auch noch gute, auch noch welche, die ich kannte!) und Gespräche stattfanden.

Als die anderen dann auf einmal abzogen, bin ich einfach geblieben, ungefragt. Das war für das Mädchen vom katholischen Land eine Herausforderung und für die Indie-Berlin-Diva eine Zumutung, was aber keinem groß auffiel. Als Reverend wieder hochkam, nachdem er den anderen die Haustür aufgeschlossen hatte, unterhielten wir uns noch ganz artig, besoffen, wie wir waren.

Irgendwann sagte er: »Also, du kannst das Gästezimmer haben, du kannst auch in meinem Bett schlafen, wie du willst.«

»Ich bleib bei dir«, lallte ich.

Am nächsten Mittag stand er auf, während ich mich noch schlafend stellte, und ich hörte von der Küche her klappernde Geräusche.

Immerhin schien er auch ein Mensch zu sein, bei dem der Tag mit einem Kaffee begann. Das war beruhigend. Wer konnte ahnen, dass sein Tag normalerweise mit einem Glas Wein begann und der Kaffee nur für genau dieses beruhigende Gefühl für mich gemacht worden war? Ich zog mich an und ging in die Küche.

»Oh, du bist schon hoch?«, fragte er. Es schien eine leise Enttäuschung mitzuschwingen, über die ich mich freute.

Da ich nicht wusste, was ich sagen sollte, fragte ich ihn nach der Weinstube. Es stellte sich heraus, dass Reverend eigentlich nie ausging im eigentlichen Sinne. Er sehe keinen Sinn in diesem Herumstehen in irgendwelchen Kneipen. Die Weinstube wäre für ihn ein zweites Wohnzimmer, wo er drei- oder viermal pro Woche abends hingehen würde. Die Belegschaft kannte ihn, er konnte umsonst trinken und essen, gab aber immer mal wieder einen großzügigen Obolus in die Trinkgeldkasse und machte sich auch manchmal nützlich, polierte Gläser oder begleitete angetrunkene Gäste charmant zur Tür. Allgemein genoss er aber den Ruf eines Sonderlings, der mit einem Buch an der Bar saß und durchaus mal sagte: »Könnten Sie sich bitte etwas leiser unterhalten, ich versuche zu lesen.« Die Gäste nahmen das ernst, die Angestellten grinsten sich eins und stellten ihm einen Schnaps hin.

Ich fand diese Beschreibung faszinierend. Aber mit meinem Leben hatte diese Art, sich zu präsentieren, wenig zu tun. Für mich war klar, dass ich mich mit meinesgleichen traf. Und das waren Leute, die mit dem *Mainstream* nichts zu tun hatten. Über den Begriff *Mainstream* musste man gar nicht diskutieren, das war eh klar: Leute, die fleißig studieren, um schnell Rechtsanwalt zu werden; Bands, die sich mit Major Labels einlassen. Und Ausgehen, das bedeutete: in Läden herumstehen und möglichst formlos mit Leuten quatschen und sich betrinken.

Im Grunde war ich froh, wieder zurück nach Berlin zu fahren. Ich war mir überhaupt nicht sicher, wie ich das alles finden sollte. Die Liebesnacht war auch nicht doll gewesen, und nach dem Aufstehen hatte ich ein Buch im Wohnzimmer entdeckt: *Astrologische Sichtweisen in der Kunst.*
»Glaubst du an Astrologie?«, fragte ich.
»Ja«, sagte er knapp.
Das war nun so ziemlich das Letzte für mich, darüber hatte ich noch nie nachdenken müssen. Immerhin konnte ich meinem noch sehr benebelten Hirn den Satz entreißen: »Das ist doch nur was für Leute, die es ohne Religion nicht aushalten.«
»Da gebe ich dir allerdings recht«, war seine Antwort.

Beim Abschied hatte ich Reverend gefragt, ob er mir seine E-Mail-Adresse gibt, ich würde ihm vielleicht mal schreiben wollen.
»Gerne«, sagte er.
Ich schrieb ihm einen launigen Bericht über den grauenhaften Kindergeburtstag meines Sohnes und ging mit Jim und Fehmi eine Woche auf Tour. Je näher die Rückkehr nach Berlin rückte, desto quälender wurde die Frage, ob ich eine Antwort auf meine E-Mail bekommen hatte.
Zu Hause ließ ich das Gepäck fallen und machte sofort den Computer an. Es waren ziemlich viele Mails gekommen, und ohne Scheiß: Die allerallerletzte war von Reverend. Jubel!
Beim Lesen kamen natürlich wieder neue Sorgen. Zwar hatte er ebenso launig meinen Bericht getoppt mit einer Anekdote, in der der Vater des Geburtstagskindes irgendwann zum Spaß eine Knarre hervorholte, aber es waren so viele schlimme, hanebüchene Rechtschreibfehler darin, dass das Ganze aussah wie das Produkt eines Irren, ich konnte kaum hingucken. Da kam vielleicht die ganze bürgerliche Existenz eines Lehrerkindes hoch, mehrere Generationen

obrigkeitshöriger Beamter gingen empört auf die Barrikaden. Ich kann mich nicht dagegen wehren, Rechtschreib- und Grammatikfehler ekeln mich an, ich kann Briefe oder Dokumente nicht ernst nehmen, wenn es darin vor unsinnigen Fehlern wimmelt, es nimmt mir die Freude am Lesen.

Also: Ich war zwar total erleichtert, dass Reverend geantwortet hatte und wir damit eine Art Basis hatten. Aber ich konnte die Mail kein zweites Mal lesen und musste davon ausgehen, dass Reverend nicht nur narkoleptisch, impotent und esoterisch war, sondern wahrscheinlich auch noch Legastheniker oder Schlimmeres.

3.

Zum Glück gibt es ja immer noch das Playback für *How soon is now*, auf das der *Popchor Berlin* wartet. Telefonisch müssen ein paar Sachen geklärt werden, was Längen und Tonart angeht. Reverend ist dabei sehr professionell, kaum traue ich mich, ihn zum nächsten Auftritt des *Popchors* im *Roten Salon* einzuladen, und er sagt auch nur vage: »Mal sehen, ob ich's schaffe.«

Als Erstes kommt eine Vorab-CD mit seiner Musik. Oh Gott, denke ich, als ich sie zu Hause höre, was ist das denn? Das Cello klingt total verstimmt, richtig falsch teilweise, und ich erinnere mich, dass er mir an jenem Morgen bei ihm zu Hause erzählt hatte, dass er mit dem Gedanken spielt, Cello zu lernen. Hat er das stümperhaft selbst eingespielt?

Später wird sich herausstellen, dass er zum einen niemals daran gedacht hat, Cello zu lernen, das nur so dahinsagte aus Quatsch, und weil man Mädchen damit weichkriegt. Zum anderen, dass das Instrument auf seiner Aufnahme gar kein Cello war, sondern ein Mellotron, das er extra krumm gespielt hatte, damit es so »Berlin-Style indiemäßig« klingt.

Ich nehme das Playback mit zur nächsten *Popchor*-Probe. Vielleicht bin ich ja schon völlig paranoid und höre Gespenster? Aber die Chorsänger sind auch irritiert von diesen grauslig dissonanten Leittönen und können gar nicht richtig singen dazu. Keiner traut sich, was zu sagen. (Im Nachhinein wieder die ganz Schlauen: »Oje, das tat mir sooo leid für dich!«) Heimlich denke ich: *Der ist vielleicht gar kein Musiker.* Chris hat zwar gesagt, er wäre ein genialer Organist, aber vielleicht so verrückt genial, nur für ganz bestimmte Musik. Egal. Es muss jetzt ganz schnell gehen, der Auftritt im *Roten Salon* ist schon nächste Woche, und wir wollen unbedingt das *Smiths*-Stück singen.

Es ist so was von unangenehm, Leute, die umsonst für einen arbeiten, zu kritisieren. Inzwischen weiß ich: Es ist besser, ein kleines, quasi symbolisches Honorar zu zahlen als gar keines. Denn sonst gibt es entweder Ärger, oder man lebt unglücklich mit einer Version, die einem nicht gefällt. Oder, und das ist das Allerschlimmste, der andere glaubt, durch seine Arbeit das Recht erworben zu haben, einen immer und überall volllabern zu dürfen. In diesem Fall geht es glimpflich ab.

Reverend kapiert, was ich meine, und verspricht, ein neues Playback zu schicken. Von seinem Besuch ist allerdings nicht mehr die Rede. Das neue Playback kommt per Boten am Tag des Auftritts, kurz bevor ich das Haus verlasse, um zum Soundcheck zu gehen. Ich stecke es in die Tasche, ohne reingehört zu haben.

Augen zu und durch, denke ich beim Soundcheck, ist ja nur ein Playback von vielen, und lege die neue CD ein. Hammer!

Der Chor legt sich rein, und hinterher sagen mehrere zu mir: »Ey, das ist ja wie Filmmusik, macht richtig Spaß, dazu zu singen!«

SMS an den Komponisten: *Danke!! Funktioniert super!!* – Antwort: *Danke. Viel Spaß beim Konzert.*

Zwei Wochen später ein weiterer Auftritt des *Popchor Berlin* in einem Club in der Elisabethkirche. Ich lade Reverend wieder ein, diesmal mit dem Hinweis, das sei ganz in der Nähe meiner Wohnung, er könne natürlich gerne bei mir übernachten. Er hält es sich bis zum Schluss offen.

Am Tag vor dem Auftritt kommt die Zusage, während des Soundchecks die SMS: *Bin jetzt am Pappelplatz.* Ich falle schier in Ohnmacht, frage Marianne aus dem Alt, ob sie mich begleitet, wo ich doch sonst alles ganz alleine mit mir ausmache. Sie geht einfach mit, ohne groß zu fragen.

Am Pappelplatz steht er. Wieder bin ich erschrocken, er sieht ganz anders aus als das letzte Mal, das mittlerweile schon fast drei Monate zurückliegt: ganz weltgewandt, in einem Tweedjackett und mit einer schicken Ledertasche. Nach einer wirren Begrüßung zieht sich Marianne zurück. Reverend scheint etwas genervt zu sein, weil er warten musste. Wie ein Graf, denke ich, dessen Chauffeur sich verspätet hat. Als ich ihm meine versiffte Anderthalbzimmerwohnung zeige, steht er hilflos im Raum und sieht aus, als hätte er Angst, etwas zu berühren. Ich sage, dass ich schnell zurück muss zum Soundcheck.

»Hast du Alkohol?«, fragt er mich.

Und ich sage: »Ja, hier ist eine Flasche Rotwein.«

Er sieht mich gelangweilt an. Ich gebe ihm meinen Schlüssel und lotse ihn ins *Bergwerk* gegenüber, wo er sofort einen schnittigen Laptop rausholt, was mich ungeheuer beeindruckt – Leute, wir haben 2002, da war das noch nicht so.

»Nach dem Soundcheck komme ich dich abholen.«

»Ja, mach mal.«

Eine Stunde später komme ich ins *Bergwerk*. Reverend sitzt an seinem Laptop und schreibt intensiv. Ich wüsste zu gerne, was. Neben sich hat er einen Whiskey stehen. Sein kleiner Hund mischt derweil den Laden auf, hat irgendwo ein Stück Holz aufgetrieben und legt es Leuten vor die Füße. Die meisten gehen darauf ein und werfen das Ding quer durch die Kneipe, und Lucie pest wie eine Irre hinterher, um es ihrem neuen Spielkameraden wieder vor die Füße zu legen. Ich schaue eine Weile zu, froh, kein Gespräch mit meinem neuen Bekannten führen zu müssen. Aber die ganze Situation ist so unlocker und wird immer unmöglicher, irgendwann nehme ich mir vor, Reverend zu fragen, ob er Hunger hat. Aber als ich mich ihm zuwende, habe ich die Frage vergessen. Wir lächeln uns ratlos an. Wir sind uns furchtbar fremd. Wie soll das alles gehen?

Um eine Verbindung zu schaffen, frage ich ihn, ob er Lust hätte, nach dem Auftritt mit mir mal eine Stunde aufzulegen.

Er schaut mich angeekelt an und sagt: »Wohl eher nicht.«

Der Auftritt ist vorbei. Jetzt kommt die Hysterie danach, und die ist bei einem Chor nicht ohne. Jeder hat seine eigene Pein auf der Bühne erlebt und will sie unbedingt loswerden – »Oh, und dann hab ich das Playback nicht mehr gehört« ... »Sandra hat so laut gesungen, dass ich meine Stimme nicht mehr kontrollieren konnte.« Es hagelt Verbesserungsvorschläge, Freunde wollen auch ihren Senf dazu geben. Ich schaue immer wieder nach Reverend, spreche kurz mit ihm, dann kommt wieder jemand an, wie das halt so ist. Zum Glück ist ein Bekannter von ihm da, ich sehe, wie die beiden sich unterhalten, dann kommt auch schon wieder ein unglücklicher Sopran: »Almut, ich finde, wir müssten ...«

Irgendwann tippt mich jemand auf die Schulter, es ist Reverend, er sagt ziemlich genervt: »Ich warte bei dir zu Hause auf dich.«

Ich fühle mich schuldig, gleichzeitig finde ich die Idee wahnsinnig erleichternd. »Ja, lass uns das so machen.«

Als ich zwei Stunden später an meiner Haustür klingle, macht niemand auf. An sein Handy geht er auch nicht, ich weiß nicht, was ich tun soll.

Während ich noch blöd dastehe, kommt er angeschlendert. »Na?«

Wir sind beide eingeschnappt und erledigt. Es ist klar, wir können nicht einfach reingehen und uns unterhalten, geschweige denn übereinander herfallen.

Da sagt Reverend: »Komm, wir gehen ins *Adlon*.«

Ich habe keine Ahnung, was das soll. Wir nehmen ein Taxi. Schon das ist beruhigend. Taxi, Taxi, du gute Idee.

Vor dem *Adlon* ein Page in einem schmucken Kostüm. Unbewegt, wie er da steht, erinnert er mich an E. T. A. Hoffmanns automatischen Menschen, der zum Verlieben echt aussieht und sich dann als hochkompliziert konstruierte Maschine entpuppt. Nur ist es in diesem Fall noch unheimlicher. Denn die Augen des Pagenautomaten folgen uns.

Im Foyer Marmorsäulen, Stofftapeten mit zarten Goldstreifen, eine farbige Glaskuppel und mitten im Raum ein von Elefanten aus Marmor gesäumter Springbrunnen.

Luxus und ich haben uns nie kennengelernt, und ich war immer der Meinung, wir hätten uns sowieso nichts zu sagen. Aber wie das manchmal so ist: Lernt man sich dann erst mal kennen, findet man den anderen doch ganz reizvoll. Nichts, was das Auge beleidigt, nichts, wovon man sich beschmutzt fühlt, ach, mal keine Ironie – das hat schon was.

Wir schreiten über den roten Teppich, der direkt zur Rezeption führt.

»Wir hätten gerne ein Doppelzimmer für eine Nacht«, sagt mein Begleiter mit fester Stimme.

Wenn ich mich nicht sowieso schon wie in einem Film fühlen würde, wäre es spätestens jetzt so weit.

Der livrierte Empfangsherr hebt eine Augenbraue und sagt ungerührt: »Bedaure. Es ist nichts mehr frei.«

»Haha«, meint Reverend, »dass ich nicht lache. Natürlich haben Sie noch was frei!«

Der Rezeptionist sagt noch einmal: »Tut mir leid. Wir haben leider nichts mehr.«

»Sie geben uns jetzt SOFORT ein Zimmer! Mein Onkel war Eintänzer in diesem Schuppen hier, und ich will SOFORT Ihren Vorgesetzten sprechen!«

Fünf Minuten später liegen wir in einem sehr schönen Bett. Reverend erzählt von seinem Onkel Peter, der sich nach dem Ersten Weltkrieg in Wien im Theater heimlich hat einschließen lassen, im Ballettsaal, wo am nächsten Tag ein Vortanzen stattfand für ein Musical. Er übte die ganze Nacht und wurde dann tatsächlich angenommen. So war er einige Zeit Balletttänzer im Theater an der Wien, bevor es ihn nach Berlin verschlug. Das Schwofen sicherte ihm auch da erst mal den Lebensunterhalt – als Eintänzer im Hotel *Adlon*. Dort lernte er wohl auch Richard Tauber, den damaligen Startenor kennen, der nach Konzerten gerne mit vielen Damen ausging und nicht mit allen gleichzeitig tanzen konnte. Dies war die erste Geschichte von Onkel Peter. Da konnte ich noch nicht ahnen, dass mich dieser Wunderonkel und seine sagenhaften Erlebnisse die nächsten Jahre begleiten sollten.

Später vögelten wir, bis Reverend die Augen verdrehte und wir vor Lachen unterbrechen mussten. Okay, also »impotent« konnte ich streichen. Dafür lag eine Waffe auf seinem Nachttisch.

4.

Ich fand schon immer lustig, wenn Leute erzählt haben, sie hätten ein- oder zweimal mit jemandem geschlafen. Ich meine, drei- oder viermal, da kommt man vielleicht durcheinander. Aber zwischen einem Mal und zweimal ist ein großer Unterschied, das heißt ja zumindest, der andere – und auch man selbst – war bereit, die Sache zu wiederholen, war nicht völlig abgestoßen davon oder hatte sich nur einen Fehltritt geleistet, für den er sich schämte. Also, nach zweimal kann man davon ausgehen, dass ein gewisses Interesse besteht. Das Blöde war nur, ich wusste selbst nicht, was ich wollte. Dieser Mann war zweifelsohne interessant, aber auch ganz schön verrückt. Um es vorwegzunehmen: Es folgte ein ganzes Jahr, in dem wir uns nur stritten. Es gab keine Basis, der eine verstand den Humor des anderen nicht, es gab keine einzige Meinung, die wir teilten. Das fing schon am nächsten Tag an.

Nachdem wir quietschvergnügt im Bett gefrühstückt und das *Adlon* verlassen hatten, stiegen wir in ein Taxi, um zu mir nach Hause zu fahren. Der Mann muss Geld haben, dachte ich. Die Zeiten, in denen ich immer mit dem Taxi gefahren bin und Essengehen nur eine Maßnahme gewesen war, um die Zeit bis zum Ausgehen zu verkürzen, lagen schon lange zurück.

Ich wollte mich gerade zurücklehnen und so richtig glücklich sein, da raunzte Reverend plötzlich den Taxifahrer an: »Müssen Sie wie so ein Geisteskranker fahren?«

Dieser sah das überhaupt nicht stecken und pampte zurück: »Det müssen Sie schon mir überlassen, wie ich fahre.«

Bald schwebte das Wort »Pissnelke« in der Luft, und der Wagen hielt mit quietschenden Reifen.

Als ich Reverend vorsichtig fragte, warum er sich eigentlich so aufgeregt habe, schaute er mich fassungslos an: »Hast du nicht gesehen, wie der rechts abgebogen ist, ohne zu bremsen, und alle Fußgänger haben sich total erschrocken und mussten wegspringen?«

Nein, hatte ich nicht.

»Echt, diese Scheißberliner. Unhöflich, piefig und unfähig. Die fahren alle Auto wie kleine Kinder. Weil sie auch wie kleine Kinder sind und nichts auf die Reihe kriegen und denken, sie müssten sich auf diese Weise behaupten. *Oh, ich bin so ein kleines Würstchen, meine Frau behandelt mich so schlecht, und meine Kinder sind kleine Dreckschleudern, jetzt zeig ich euch mal, was ich so drauf habe* – echt, erschießen sollte man die, einfach eine Knarre nehmen und drauf schießen!« So ging das noch eine Weile weiter. Ich wusste überhaupt nicht, woher dieser Ausbruch kam. Leute schauten sich um, und mir fiel die Waffe auf dem Nachttisch wieder ein.

Zu Hause war ich dann sehr froh, als Ran anrief, ob ich heute Abend zum Konzert von xxx in den *Prater* kommen wolle, er lege hinterher auf.

Das Konzert war schon zu Ende, als ich mit Reverend ankam. Es war einer der ersten milden Abende, und die meisten Leute hingen draußen herum. Ich zeigte mich kurz bei Ran, der da fast alleine im Prater seine Platten auflegte, holte zwei Weißwein und setzte mich zu Reverend auf einen Holzschemel. Einige Leute, die ich mehr oder weniger gut kannte, waren auch da und blieben auf ein kurzes Gespräch stehen. Aber komisch – war es der düstere Mann neben mir, oder war ich es selbst? –, die meisten schienen froh zu sein, schnell weitergehen zu können. Nach ein paar Getränken war die Stimmung auf dem Holzschemel ganz okay; von verliebtem Übermut oder so was in der Art konnte allerdings keine Rede sein.

Irgendwann schallte *Jealous Guy* von John Lennon heraus, und obwohl ich nie erklärter Fan von ihm war – ich war eigentlich nie richtig Fan von irgendeiner Band – hörte ich mich sagen: »Ach, ich liebe John Lennon.«

»Echt? Der hängt doch an Mamas Rockzipfel. Ich konnte diese Attitüde noch nie verstehen. Der ist doch ein einziger Schrei nach der Nabelschnur.«

»Na ja! Aber was für ein Typ! Was für eine Biografie!«

Reverend schaute mich verächtlich an: »Du meinst seine Hab-mich-lieb-Band, die Beatles? Du meinst die Frau, von der er sich hat zum Deppen machen lassen? Der Typ hat sich doch nie durchgesetzt, der hätte doch noch seinen eigenen Mörder verstanden!«

Was folgte, war ein achtstündiger Streit, der in dem Satz gipfelte: »Wir leben in einem Matriarchat, da gibt es ja wohl keine zwei Meinungen!«

Es war die erste Kostprobe einer Streitkultur, die ich bis dahin nicht gekannt hatte. Reverend stellte Thesen auf und Zusammenhänge her und legte immer noch nach, als ich schon längst nicht mehr konnte und einlenken wollte. Mir kamen seine Argumente so krude vor, ich fühlte mich wie eine der Schaulustigen in Andersens Märchen *Des Kaisers neue Kleider*. Es wurde etwas behauptet, was ich einfach nicht sehen konnte. Aber die Behauptung war so zwingend und in sich so stimmig, dass man an sich selbst zu zweifeln begann.

Ich habe lange gebraucht, um zu kapieren, dass Austausch und Dialog für Reverend das Wichtigste sind und dass er dies oft mit Provokation versucht herzustellen. Sein Bemühen um die richtige

Definition von Begriffen, das Ringen um Wahrheit, war mir fremd. Ich habe noch nie zu den Diskutierern gehört, habe das eher verächtlich abgetan – als sportliche Betätigung von Leuten, die das nötig haben; von Jungs, die sich darin ihre Hahnenkämpfe liefern. Ich konnte Reverends Matriarchatstheorien weder mit Sport noch mit Spott widerlegen. Sein Argumentationsgerüst war zu stabil. Irgendwann dachte ich nur noch: Oh Gott, der ist wirklich völlig verrückt.

Auf dem Heimweg kehrten wir noch im *Bergwerk* ein, wo schöne Musik gespielt wurde und wo wir einfach nur dasaßen und zuhörten und unseren Frieden machten. Denn das muss ja auch mal gesagt werden: Streit hat seine Vorteile. Schon wegen der Versöhnung.

Freundinnen fragten mich immer wieder, ob wir jetzt zusammen wären und wie es denn so sei. Die Antworten waren kurz: »ja« und »schwierig«, mehr war nicht drin, da konnten die Gesichter noch so enttäuscht gucken. Denn, um noch einmal bei Andersen zu bleiben: Die anderen waren ja, anders als im Märchen, nicht verblendet, sondern würden auf meiner Seite stehen. Aber ich wollte mich nicht mit ihnen auf eine Stufe stellen und darauf einigen, Kaiser Reverends Meinungen völlig indiskutabel zu finden – »geht gar nicht«. Denn der allgemeine aufgeklärt-linke Konsens ödete mich an, und ich ahnte, bei Kaiser Reverend würde etwas anderes zu finden sein.

Gerüchte wehten mir zu, nach denen Reverend noch mindestens eine Daueraffäre in Hamburg und eine weitere Freundin in Berlin hatte, vielleicht auch noch eine Frau und zwei Kinder in München, aber da war sich Sandra nicht sicher.

Nun kommt es ja eher selten vor, dass man »sauber« in eine Liebesbeziehung rutscht, außerdem waren wir nach wie vor kein offizielles Paar. Die Blöße, ihn zu fragen, wollte ich mir nicht geben. Also wurde das Mysterium um eine weitere Komponente erweitert. Es machte diesen Mann nicht gerade greifbarer. Aber noch geheimnisvoller.

Schwierig war für mich auch die Sache mit seinem Namen. Er hieß eigentlich Christian, aber das ging mir nicht über die Lippen; so ein bürgerlicher Name passte einfach nicht zu ihm. Sein altes Pseudonym *Reverend* war bei seinen Freunden und Bekannten längst zu *Rev* geworden. Das ging mir auch nicht über die Lippen. Also war ich fast die Einzige, die ihn *Reverend* nannte.

5.

Ich hole Reverend vom Bahnhof Zoo ab. Wie er da so aussteigt, in seinem Anzug und mit der Reisetasche aus Leder, die sich, aufgeknöpft und aufgehängt, später in eine kleine Garderobe umwandeln lässt, mit zurückgegeltem Haar und buschigen Augenbrauen – ein düsterer Mann von Welt, der ein Bündel Fell auf den Armen hat. Langsam beugt er sich nach unten, und das Bündel Fell rast wie ein Wahnsinniger von rechts nach links und von links nach rechts und bellt und leckt und kann sich nicht einkriegen vor Freude. Das ist schon großer Bahnhof. Unsere Zungen verwühlen sich ineinander, während Lucie in kleiner werdenden Kreisen um uns herumrennt.

In Ankunft und Abschied sind wir immer ganz gut gewesen.

Den Bahnhof Zoo mögen wir beide gerne. Wenn auch vielleicht aus unterschiedlichen Gründen. Für mich ist es eine Erinnerung an alte Westberlinzeiten. Für Reverend gehören Hotels, Hotellobbys, Bars und Bahnhöfe zu dem kosmopolitischen Lebensstil, den er so schätzt. (Flughäfen hätten noch zu der Aufzählung gepasst, aber der Mann hat Flugangst und ist allgemein kein Freund der schnellen Veränderung.)

Als wir beschließen, noch einen kleinen Bummel über den Ku'damm zu machen, zeigt er auf die Kaschemme linkerhand mit dem freundlichen Namen *Pressecafé*: »Hier habe ich oft gesessen, um auf meinen Zug zu warten, und bin dann so vierzehn Stunden

versackt.« Für Kaschemmen und Halbwelt hat der Mann nämlich auch ein Faible. Und zwar nicht ein romantisierendes, wie viele Intellektuelle, die zu Boxkämpfen gehen oder in Animierschuppen, um den krassen Gegensatz zu ihrem sonstigen Leben zu suchen; sondern ein handfestes: »Da kommen halt meine Prollgene durch.« – »Prollgene?«
Er winkt ab: »Erzähl ich dir ein anderes Mal.«
Wir laufen über den Ku'damm und trinken einen Martini irgendwo. Frauen mit einem Tick zu viel Pelz und Schminke; vernarbte Männer in Maßanzügen, bei denen man zu gerne wüsste, was genau sich in ihren Aktentaschen verbirgt; diskrete und verlebte Kellner. Wir sind beide entzückt von dieser Szenerie: mondän, leicht abgeranzt, selbstbewusst und ein bisschen lächerlich. Aus der Zeit gefallen irgendwie, staubig, gruselig. Aber was ist die Friedrichstraße dagegen, oder Unter den Linden? Ich freue mich, dass der Ku'damm es nicht geschafft hat, ich freue mich, dass es in dieser Stadt etwas gibt, was uns beiden gefällt.

Reverend erzählt, wie er mal in den Neunzigern Schmuck kaufen wollte, er hatte da konkrete Vorstellungen: eine silberne Halskette mit Kreuz und einem Rubin. Um den Ku'damm herum gibt es viele Antiquitätengeschäfte. Er ging in mehrere Läden, ohne fündig zu werden, bis er in ein Geschäft geriet, wo ihm die russische Besitzerin bedeutete, er solle mal in die und die Galerie gehen. Da ging er hin. Es waren russisch-orthodoxe Kirchenmalereien ausgestellt, und höchst dubiose, kahl rasierte Typen hingen auf Sofas rum. Was er denn wolle, fragte eine dicke Russin. Er erklärte sein Anliegen und bekam eine Handynummer, die er anrufen sollte. Er rief an und bekam die Order, mit dem Auto in die Bleibtreu- Ecke Mommsenstraße zu fahren, auszusteigen und sich vor sein Auto zu stellen. Nachdem Reverend das gemacht hatte, kam dort ein Typ an, »bei dem es keinen Zweifel gab, dass er eine Knarre in der Tasche hatte«, der noch einmal fragte, was genau er wolle, und ihn daraufhin anwies, in die Niebuhrstraße zu fahren, sich wieder vor das Auto zu stellen und zu warten. Nach kurzer Zeit kam ein Mann, der mehrere Kreuze in der Art, wie Reverend sie wollte, aus der Tasche zog, aber kein Wort Deutsch sprach. Reverend kaufte dann für 700 Mark ein Exemplar, das tatsächlich genau seinen Vorstellungen entsprach, und der Mann war dann auch ganz schnell weg. Das Silber war wohl tatsächlich echt, wie hinterher festgestellt wurde, und nur leicht überteuert.

Wir sind bei unserem vierten Martini angekommen, und gerne wäre ich einfach dageblieben und hätte weitergetrunken, zusammen mit meinem weltmännischen Freund. Aber ich muss im *Roten Salon* Platten auflegen mit Fehmi.

Ich bin da so reingerutscht; ich, die niemals Platten gekauft oder sich irgendwie mit Musik beschäftigt hat, außer sie zu machen. Fehmi hatte mich irgendwann gefragt, ob ich mit ihr mal da und da auflegen würde, und klar, warum nicht. Ich kam mit meinen paar von Exfreunden geerbten Platten an und mit – meist von Fehmi oder Jim – gebrannten Mix-CDs, und es machte Spaß, so als musikalischer Diktator da zu stehen. »Wer nichts wird, wird DJ«, hatte ich an jenem Abend launig zu Fehmi gesagt. Aber dann merkte ich ziemlich schnell, dass Fehmi da richtig was reinlegte. Und als ich beim zweiten und dritten Mal Auflegen mit den gleichen ollen Platten und Mix-CDs auflief, schaute sie ziemlich skeptisch. Ich glaube, sie ist manchmal tausend Tode gestorben, wenn ich so was wie *Love of my life* von *Queen* auflegte. Die arbeitsmoralische Kluft zwischen uns wurde immer größer. Trotzdem fragte sie mich immer wieder, ob ich mit ihr zusammen auflegen würde, und es waren meistens ziemlich lustige Abende.

Normalerweise hätte ich mich also darauf gefreut. Aber wann ist schon normal.

Bereits beim Bezahlen ahne ich, es wird eine Katastrophe. Ich meine: Klar, ab einem gewissen Alter hat man kapiert, dass man für alles bezahlen muss; dass nach einem persönlichen Hoch unweigerlich das persönliche Tief folgt. Man fängt an zu tarieren, das Hoch nicht zu hoch werden zu lassen, damit der Fall nicht zu tief wird. Das nennt man wohl Erwachsensein, und schön ist es nicht. Mit Reverend sind die Höhen kurz und heftig, die Tiefen dahinter aber immer schon sichtbar. Ein harmonischer Nachmittag kann nicht gut enden.

Glücklicherweise will Reverend erst mal zu Hause bleiben und später vorbeikommen. Dass er nicht viel vom DJing hält, wusste ich ja schon seit meiner naiven Frage. Wenn Fehmi wüsste.

Im *Roten Salon* erst mal alles super. Man hat uns extra einen kleinen Kühlschrank mit Sekt, Bier und Wodka hinters DJ-Pult gestellt. Weil wir doch so gerne trinken würden. Wow! So müsste es immer sein! Der Abend ist dann etwas lahm, und umso ehrgeiziger versucht Fehmi, das Ruder herumzureißen. Ich bin echt beeindruckt, aber mir wird auch klar: Ich bin als DJ nicht zumutbar. Ständig kommen auch so Nerds an und fragen nach: »War das nicht die Aufnahme, bevor Dragon Stone dabei war ... Hast du auch die zweite Platte von denen? ... Kennst du den Song von denen, wo die Slide Guitar von Dr. Johnny den Basslauf doppelt?« Ich weiß meistens noch nicht einmal, wie die Band heißt, die ich da spiele. Ich weiß nur, dass Nr. 3 und Nr. 8 von der Mix-CD mir gut gefallen, die habe ich angekreuzt und spiele sie jetzt.

Irgendwann stellt mir Fehmi eine kleine Frau mit langen roten Haaren vor: »Das ist meine Mutter.«

Wir nicken uns zu, dann ist die kleine Frau schon wieder am Tanzen, die ganze Zeit, direkt vor dem Pult. Der Raum leert sich, ein paar Gestalten stehen noch so rum oder lehnen an der Wand und unterhalten sich. Die halbherzigen Tanzversuche sind endgültig eingestellt worden. Nur die kleine Frau dreht sich selbstvergessen und wirft ihre roten Haare hin und her.

Plötzlich kommt ein kleiner Hund angepest, bellt in die Runde, rast zurück und pest wieder her, will vor dem DJ-Pult stoppen und hat noch so viel Speed, dass er weitergeschoben wird und andotzt. Dann umdrehen und noch mal. Und noch mal. Und noch einmal. Alle im ganzen *Roten Salon* verteilten Leute beobachten mittlerweile das Szenario und lachen sich kaputt.

»Hey, Lucie«, sage ich und beuge mich zu dem kleinen Hund herunter, »alles okay?« Ich suche mit meinen Augen das Herrchen. Und entdecke ihn nach einiger Zeit, an der Bar mit einem Drink, in seinem langen schwarzen Mantel, der ihn wie ein Pastor aussehen lässt.

Nomen est omen. Er hat sich zwar den Reverend damals in den 80ern angelegt, wo alle sich so bescheuerte Künstlernamen gaben wie Schorsch Kamerun, FM Einheit oder Blixa Bargeld. Aber interessanterweise sind die meisten Pseudonyme sehr passend, sogar nach Jahrzehnten, wenn die Lebensläufe längst in ungeahnte Sphären abgedriftet sind. Bei Reverend wundert es mich am wenigsten. Er hat, so besoffen und unreflektiert er nach eigenen Angaben als junger Mensch durchs Leben gestolpert ist, schon immer Antennen gehabt.

Jedenfalls, wir sind noch immer im *Roten Salon*. Es ist nicht mehr viel los. Ich gehe zu Reverend, und wir unterhalten uns höflich wie Fremde. Dann kommen halt doch ständig Leute an, die Abrechnung muss gemacht werden, und ich mag Fehmi auch nicht zu lange alleine lassen. Ich spüre, wie unwohl sich Reverend hier fühlt, er sieht auch aus wie ein Fremdkörper.

»Ich brauche noch eine halbe Stunde«, sage ich, und er nickt ernst.

Natürlich hat es Fehmi mittlerweile geschafft, die wenigen Gäste in den Tanzmodus zu bringen. Das mit der halben Stunde kann ich vergessen, ach herrje, ich hab's ja gewusst, es gibt Ärger. Zu meiner Erleichterung sehe ich wenig später, wie Reverend sich angeregt mit Fehmis Mutter unterhält. Fehmi ist in ihrem Element und scheint auch gar nicht über meine Beiträge innerlich zusammenzubrechen, nicht einmal bei *I can help* von Ralph McTell. So geht noch einmal eine Stunde ins Land, in der sich eine Notgemeinschaft zu ungeahnten Höhen zusammenrauft. Dann ist der Ofen aus. Fehmi und ich packen ein, der Veranstalter besteht auf einem Schnaps, es zieht sich, Fehmis Mutter kauert in einer Ecke, und wo ist eigentlich Reverend? Da Lucie auch nicht zu sehen ist, werde ich unruhig und verabschiede mich schnell. Draußen stehen noch ein paar Gestalten, ich suche meinen Freund und finde ihn schließlich auf den Treppen der Volksbühne.

»Hey!«

Keine Antwort.

Ich setze mich neben ihn und beobachte Lucie, die einen Stock, den sie wo aufgetrieben hat, anbringt, werfe ihn ein paarmal, wir schauen beide ihrem fanatischen Treiben zu. Die hat's gut, denke ich, während das Schweigen zu meiner Linken immer penetranter wird.

»Was ist denn los?«, frage ich und merke im selben Moment, dass ich es gar nicht wissen will. Ich will heim, ich will schlafen, ich will nichts mehr hören.

»Sag mal, tickst du noch ganz sauber?« Der Tonfall lässt keinen Zweifel daran: Das hier wird Stunden dauern.

Ich probiere es mit einem Pärchenspruch: »Was hältst du davon, noch irgendwo einen Absacker zu trinken, und dann nach Hause?« Nie hätte ich gedacht, dass mir dieser Abschaum von Wort mal über die Lippen gehen würde. Aber man ist auch vor sich selbst nicht gefeit.

»Absacker? Nach Hause? Massierst du mir den Rücken, Schatz?« Reverend steht auf. »Wie stumpf kann man eigentlich sein?«

Er geht los, und ich überlege, ob ich ihn einfach ziehen lasse. Aber das kann ich nicht. Ich laufe ihm nach und schreie: »Mein Gott, was hab' ich denn so Schlimmes getan, verdammt noch mal?«

Er bleibt stehen. »Weißt du das wirklich nicht?«

»Nein! Was soll das Theater?«

»Mir wird schlecht, wenn ich diese verklemmten, unsexy Provinz-Fuzzis sehe, wie sie zu schlechtem Indie-Elektronik-Scheiß tanzen und denken, jetzt haben sie es geschafft. Und du fühlst dich pudelwohl in dieser Szene und bedienst das auch noch.«

»Ich hab mich auch nicht wohlgefühlt!«

»Ja ja. Warum machst du es dann? Warum bist du so kritiklos, warum hast du so eine Angst, nicht dazuzugehören?«

xxx

Mittlerweile sind wir am Rosenthaler Platz angekommen, und er verschwindet in einem Kiosk, kommt zurück mit zwei Jägermeistern, wir setzen uns auf eine Bank vor dem Imbiss nebenan.

Das unglaublich turbulente Treiben einer Freitagnacht: Herden von Brandenburgtouristen, lautstarke Spanier, in ihre Handys tippende Japaner, erschöpfte Mädchen, die sich hinsetzen und deren Superminis dabei so hoch geschoben werden, dass man beinahe sieht, wo die Beine zusammenkommen; scharf bremsende Taxis, aus denen welche herausstolpern; Kleintransporter mit Warnblinklicht, die irgendwas aus- oder einladen; Leute, die sich über die Straße hinweg etwas zuschreien – eine wogende Masse, ein xxx.

Wir können zu diesem Zeitpunkt noch nicht wissen, dass das einer unser Lieblingsplätze in Berlin werden wird. Aber es tut gut, einfach nur dazusitzen und zuzuschauen. Runterzukommen, weil andere ihr Adrenalin verspritzen. Ruhe zu finden im Chaos.

Irgendwann äuge ich vorsichtig Richtung Reverend. Muss ihn das nicht total ankotzen, empfindlich, wie er ist? Nein, es scheint ihn sogar zu amüsieren. Da wende ich meinen Kopf schnell wieder nach vorne. Diese Ruhe nach dem Sturm, und wer weiß, vielleicht auch vor dem Sturm, die will ich nicht unterbrechen, ich bin ja nicht lebensmüde.

Wir haben noch stundenlang da gesessen, immer wieder mal einen Jägermeister im Kiosk holend, uns ab und zu auf etwas aufmerksam machend. Langsam wurden die Herden vergnügungssüchtiger Touristen abgelöst von Männern in legeren Leinensakkos, Bäckertütchen in den schlanken Händen, und Frauen mit Kinderwagen, die wie Insekten aussahen. Es war ein schöner Morgen.

Trotz allem beschlossen wir, ein paar Tage nach Dänemark zu fahren. »Oh Gott«, so ein Bekannter, »ausgerechnet in das langweiligste Land der Welt, das würde ich mir noch mal überlegen.« Ich war noch nie in Dänemark gewesen, stellte es mir aber auch wahnsinnig langweilig vor. Vielleicht war das doch keine gute Idee. So ein erster Urlaub ist doch immer auch eine Art Test. Aber da unser Zusammensein sowieso ein einziger Test war und Dänemark auch so praktisch vor der Haustür lag (von Hamburg aus), blieb es dabei. Dass wir uns in der Nacht vor der Abreise tierisch krachten, machte die Sache nicht leichter. Oder vielleicht doch. Wir waren beide so geplättet und verkatert, dass Autofahren die einzig mögliche Lebensform war. Und als die Straßenschilder lustige Namen wie Holmsklit und Hvide Sande trugen, stieg die Laune etwas.

Es war einer der längsten Tage des Jahres. Um kurz nach zehn parkte Reverend das Auto und meinte: »Probieren wir's mal hier.« Wir bepackten uns mit Proviant und Schlafsäcken, Lucie raste hin und her und bellte vor Freude wie verrückt, und dann kletterten wir über Dünen, die so hoch waren wie kleine Berge. Völlig außer Atem erreichten wir eine weitere Anhöhe – und plötzlich tat sich vor uns das Meer auf, kilometerlang auf beiden Seiten zu sehen, ein weißer Sandstrand davor – und sonst nichts.

Keine Menschen, keine Häuser, keine Zäune, keine Schilder, einfach nichts. Es kam so unerwartet, war so atemberaubend, dass wir alles Gepäck und uns fallen ließen. Langsam kam die Dämmerung, Lucies weißes Fell sah man hier und da aufblitzen, während sie zum Strand herunterflitzte, das Meer rauschte irrsinnig laut. Wir zündeten uns eine Zigarette an, und während wir rauchten und sprachlos waren, fing die weiße Gischt des Wassers plötzlich an zu phosphoreszieren. Ich hatte das noch nie gesehen, auch hinterher nie wieder, ich weiß nicht, was das war. Aber es war so, und zwar überall, wo man hinblickte. Und man konnte, wie gesagt, sehr weit blicken. Lucie brachte einen Stock, und wir warfen ihn immer wieder und schauten dem weißen Blitz nach, der fast so schnell wie der Stock war und ihn unermüdlich zurückbrachte, vor uns hinlegte und erwartungsvoll hechelte, was fast so laut war wie das Rauschen des Meeres. Wir tranken Wein und aßen Brot mit Käse, und alles war gut. Später suchten wir einen geschützten Platz in den Dünen, bauten uns ein Lager und liebten uns wie verrückt, und wenn man unten lag, schaute man direkt in einen abartigen Sternenhimmel. Lucie war auch nicht zu bremsen, und da keiner mehr einen Stock warf, brachte sie immer mehr Stöcke an, vielleicht in der Hoffnung, neuer Stock, neue Chance, vielleicht einfach so, aus purer Energie. Jedenfalls hatte sie, als wir irgendwann voneinander abließen, ein ganzes Lager aus Stöcken um uns herum aufgebaut, und wir mussten sehr lachen.

Die Tage in Dänemark waren ein Traum. Wir fuhren herum, entdeckten eine riesige Wanderdüne, die wir rückwärts erklimmen mussten, weil der Wind uns den Sand ins Gesicht peitschte, und oben angekommen, sah man einen versunkenen Leuchtturm unter sich. Wir lagen morgens in den Dünen und hörten die Vögel miteinander sprechen – stundenlang lagen wir da und horchten, irgendwann konnte man die einzelnen Stimmen unterscheiden und ihre

Melodien mitsingen.« Sorry, Christoph«, dachte ich, »das mit dem langweiligsten Land der Welt ist Quatsch.«

Die ganzen tollen Stellen hätte ich selbst wahrscheinlich niemals entdeckt. Es war so, dass Reverend auf der Landkarte guckte und dann mit dem Finger wohin tippte: »Lass uns mal dahin fahren, das sieht gut aus.« Für mich wirkte es schon fast wieder wie Zauberei.

»Na ja«, sagte mein Begleiter, »eher eine Kombination aus Gut-Karten-lesen-Können und Intuition.«

»Zauberei, sag ich doch.«

Auf dem Rückweg fuhren wir noch auf die Insel Rømø, wo man mit dem Auto direkt den Sandstrand entlangfahren kann. Dort lagen wir auf einer Decke und betrachteten die unglaublichen 3-D-Wolkengebilde über uns. »Hier, schau mal«, sagte Reverend mit zärtlicher Stimme und zeigte nach oben, »der Grundriss von Auschwitz.«

Ich war sofort dabei: »Ja, und hier, siehst du das, eine Vergewaltigung.«

Zum ersten Mal waren wir so etwas wie ein Liebespaar. Das hörte dann ziemlich genau an der Hamburger Stadtgrenze wieder auf. Im Radio lief *In Between Days* von *The Cure*, und wir erzählten uns gegenseitig, wie uns dieser Song getroffen hatte in einer einsamen Zeit, und wie man sich als Außenseiter gefühlt hatte.

»Du warst nie ein Außenseiter«, sagte Reverend.

Ich war empört über dieser Anmaßung. Wie konnte er so was sagen?

»Wer bei den *Lassie Singers* war, kann kein Außenseiter sein«, so der nächste Kommentar.

Was er sich eigentlich einbilde, er wisse ja wohl nicht, wie unsere Band damals in Berlin gedisst wurde als Schlagerscheiß, wie wir immer zwischen allen Stühlen gesessen, in keine Schublade gepasst hatten, von den Indies als zu Mainstream und vom Mainstream als zu Indie eingestuft worden waren.

Ja ja, das sei bestimmt schlimm gewesen und für die Karriere nicht zuträglich. Aber diese ganzen Fans, die sich über die *Lassie Singers* definiert hätten, die Leute, die sich noch heute über das gemeinsame laute Hören von *Pärchen verpisst euch* in ihrer WG-Küche beeiern würden, das Sich-darauf-geeinigt-haben – das wäre schon ein Herdenschein.

Herdenschein?

Ja, wenn sich die Herde auf etwas geeinigt habe, dann würde dem Außenseiter die Luft abgedreht, ihm ein weiteres Mal bedeutet werden: Du nicht! Du hast hier nichts zu melden!

»Weißt du was«, sagte ich, »du bist einfach nur neidisch.«

Da brüllte er los: »Natürlich bin ich neidisch! Und das zu Recht! Ich hab' schließlich viel abgeliefert! Ich habe echt was geleistet! Ich habe Menschen glücklich gemacht mit meiner Hammond-Orgel, die ich über die Bühne getreten habe! Kannst du dir vorstellen, wie beschissen das ist, wenn einem auf der Bühne die Leute zujubeln, und wenn man hinterher runterkommt, kennt einen keiner mehr? Also heul mir nichts vor über Außenseiter!«

So ungefähr war der Stand der Dinge, als wir bei ihm zu Hause angekommen waren und die Sachen ausluden. Von unserem schönen Urlaub. Der so weit weg war.

Seine Wohnung erschien mir mit seinen bordeauxroten Teppichen, den christlichen Bildern und dem schummrigen Licht wie eine Gruft. »Wie bei meiner Oma«, hatte meine Freundin Charlotte gesagt, als sie einmal dagewesen war. Ich mochte diese Mischung aus anachronistischer Noblesse und gediegenem Hanseatencharme eigentlich – wenn ich mich einigermaßen sicher fühlte. Wenn ich mich aber an der Seite eines rätselhaften Fremden fühlte, und so fühlte ich mich mal wieder, dann hatte das Ambiente etwas Bedrohliches. Zumal dieses Reich von seinem Bewohner geprägt war wie von einem schweren Parfum und alles andere als luftig wirkte. Zumal, man erinnere sich, die Haustür abgeschlossen war.

Vielleicht sollte ich an dieser Stelle kurz auf das Haus eingehen. Es war ein ehemaliges Bankhaus, entsprechend herrschaftlich von außen. Wenn man eintrat: schöne Mosaiksteinfliesen und ein beeindruckendes Treppenhaus. Die Tür des ersten Stockwerks war zugemauert, im zweiten Stock wohnte eine nette WG, und im dritten und letzten Stock hatte Reverend, als er vor zehn Jahren mit seiner damaligen Freundin eingezogen war, die angrenzenden Speicherräume ausgebaut. Die entstandene Wohnung war dadurch ziemlich groß und hatte einen zwölf Meter langen Flur, von dem rechts und links – ich muss zählen – insgesamt acht Zimmer abgingen. Dadurch bekam sie etwas Hotelartiges, und Reverend hat mir erzählt, dass er zum Spaß auch mal die Zimmer mit Schildern versehen hatte: 01, 02, 03 ... Das ganze Haus passte schon sehr gut zu Reverend, der wie aus einer anderen Zeit gefallen wirkte und den man sich so gar nicht in einem normalen Mietshaus vorstellen konnte. Als er und seine Freundin sich trennten, hatte sie das Feld mit den Worten geräumt: »Das war eh von Anfang an deine Wohnung gewesen und nicht meine.« Da er ein Musikstudio in seiner Wohnung hatte, war es natürlich ziemlich ideal, dass da nur eine einzige Mietpartei außer ihm im Haus war – die WG, mit der er sich gut verstand. Und wenn Reverend nachts um vier eine Gitarre über seinen Verstärker aufnahm und es denen zu laut wurde, warfen sie einen Schuh an die Decke, und dann wurde halt abgebrochen oder leiser gemacht.

Wir saßen, nachdem bei eisiger Stimmung die Sachen ausgepackt und verstaut worden waren, mit Wein und Kerzen im Wohnzimmer vor dem geöffneten Fenster und stritten weiter. Es ging immer noch um das Außenseiter-Thema.

Reverend unterstellte mir wieder und wieder, dass ich ein typischer Vertreter der von ihm besonders gehassten Spezies sei, die sich den schicken Ruch des Außenseiters gäbe und die sich mit anderen vermeintlichen Außenseitern schön zusammentue und sich dadurch von der Masse abzuheben wähne, während er ja ein echter Außenseiter sei. Ich fand diese Haltung so impertinent, ich war so sauer, das Gespräch eskalierte derart, dass wir beide gezielt ausfallend wurden.

Irgendwann, als schon Gläser geworfen und die hässlichsten Aussprüche gefallen waren, saßen wir völlig erschöpft an dem großen geöffneten Fenster im Wohnzimmer und schwiegen. Man konnte über niedrige Häuser hinweg bis zum Hafen blicken und, weil der Wind von Südwest kam, das lustige Quieken der xxx hören. Der Himmel wurde langsam heller, die ersten Vögel fingen an zu zwitschern und ihre Genossen zu nerven: *Hallo! Es geht los! Ihr Schlafmützen!* Bald war aus dem Zwitschern eine hyperaktive Kommunikation geworden. Reverend war in seinem Sessel eingeschlafen, und ich hörte einfach nur den Vögeln zu. Vielleicht streiten die sich ja auch die ganze Zeit, dachte ich und fand das ganz irre, diese vielen Stimmen zu hören, ohne sie zu sehen. Die Hafengeräusche waren auch super, das Donnern der Container, wenn sie verladen wurden, die Schiffshupen – ich schenkte mir ein Glas Wein ein und überließ mich der Geräuschkulisse, die mich 300 Jahre zurück katapultierte.

Da fing Reverend plötzlich an zu reden: »In der Schule fing das ganze Desaster an. Vorher war noch alles in Ordnung gewesen, in Sasel, wo ich den ganzen Tag draußen spielen konnte mit meiner Freundin Inge. Aber mit dem ersten Schultag ging die Scheiße los. Meine Lehrerin mochte mich nicht, und mit diesem ganzen Sozialgerangel zwischen den Kindern kam ich nicht zurecht. Da gab es einen Jungen, der verfolgte mich immer, wochen-, monatelang; er jagte mich über den Schulhof, ohne Grund, wir kannten uns gar nicht. Ich lief davon wie ein gehetztes Tier. Jeden Tag hatte ich schon vor der Schule Angst vor ihm.« Er war wieder völlig klar und wach und schaute, während er erzählte, die ganze Zeit aus dem Fenster. So wie ich auch. »Eines Tages bin ich einfach stehen geblieben und habe mich umgedreht. Und als er vor mir stand, habe ich ihm eine reingehauen, und noch eine, und er fiel hin, obwohl er viel älter und größer war als ich. Tja, das gab vielleicht einen Ärger! Anruf bei meinen Eltern, totale Schimpfe von Mutter und Vater und einen Termin beim Schulpsychologen. Da musste ich dann wegen Renitenz und fehlendem Sozialverhalten nachmittags mit ein paar anderen Schülern in einem Raum hocken, die auch wegen Renitenz und fehlendem Sozialverhalten dahin mussten. Typisch Pädagogen: zu denken, man müsse nur Außenseiter mit Außenseitern zusammenpacken, dann würden die sich zusammentun und Freundschaften schließen oder so. In Wirklichkeit saßen alle möglichst weit voneinander entfernt und versuchten, sich zu ignorieren. Da habe ich schon mal was gelernt, nämlich dass die Welt ungerecht ist. Meine Eltern haben mir nicht geglaubt und waren lange böse mit mir, weil sie unbedingt zur Herde gehören wollten und sich für ihren Sohn schämten. Schwarze Schafe können sich noch so anpassen, sie werden von der Herde immer als solche erkannt werden.«

An diesem Morgen sind mir zum ersten Mal Zweifel gekommen, ob Reverend doch nicht einfach nur eine narzisstische Persönlichkeitsstörung hat; ob da vielleicht was dran sein könnte an seiner Theorie von Alphatieren, Herdenverhalten und schwarzen Schafen.

6.

Wir besuchten uns nun regelmäßig. Da wir beide selbstständig waren, mussten wir uns nicht auf die Wochenenden beschränken. Nur ich war mit dem kleinen Sohn etwas eingeschränkter. Im Gegensatz zu anderen frisch Verliebten zeigten wir uns nicht so gerne in der Öffentlichkeit. Weil das gar keine Wolke war, auf der man schwebte; wo man sich übermütig als Paar präsentierte und auch, wenn man sich weit voneinander entfernt unterhielt, von einem unsichtbaren Band zusammengehalten wurde. Sondern sich in einem Pool von Missverständnissen und Streitfällen befand, in einer ständigen Alarmbereitschaft. Wenn überhaupt, gingen wir in Bars, in denen wir möglichst niemanden kannten. In Berlin war es besonders schlimm. Die Indie-Gemeinschaft schien sich kollektiv darauf geeinigt zu haben, Reverend und unsere Verbindung scheiße zu finden. In Hamburg war alles etwas cooler. Ich habe manchmal nicht schlecht gestaunt, wenn ich meinen Freund, der das Ausgehen an sich so verächtlich abgetan hatte, im *Pudel* oder nach einem Konzert mit irgendwelchen Leuten herumflachsen sah: Da ging's nur um Schlagfertigkeit, um Abstylen, Bollwerke von unsinnigen Wortgefechten wurden abgefeuert, nur zum Sport. Mir war es teilweise schon *zu* sportlich, das waren schiere Wettkämpfe! Aber für die Drumherumstehenden natürlich super. Dagegen sahen Berliner Abende echt alt aus. Und ich dachte: Aha, so kann es mit Reverend also auch gehen.

Aber solche Highlights waren selten. Meistens kehrten wir streitend nach Hause zurück, und streitend stolperten wir in den nächsten Tag. Wir hatten einfach keine Basis.

Zum Glück fanden wir eine. Ich hatte mal mitgekriegt, wie Reverend für Heiner ein Hörspiel gemischt hatte und spontan gesagt: »Ach, so was würde ich auch gerne machen.« Auf das Thema konnten wir uns schnell einigen: Eisenbahn. Beide hatten wir, unabhängig voneinander, schon Kurzgeschichten über Zugerlebnisse geschrieben. Szenen in der Weltliteratur gab es genug und schlaue soziologische Studien auch. Wir beschlossen, ein Feature daraus zu machen und es bei den diversen Radioformaten der Öffentlich-Rechtlichen einzuschicken, und bei Technikmuseen. Ein Riesenaufwand, erst mal das Schreiben und Sammeln von Texten, dann die Tonaufnahmen, für die wir drei Schauspieler als Sprecher engagiert hatten; das Schneiden, Mischen, Brennen, Cover machen; die infrage kommenden Sendungen und die verantwortlichen Redakteure dazu ausfindig machen; Anschreiben formulieren – oh Gott, so ein Mammutprojekt hatte ich zuvor noch nie gehabt. Da waren die *Lassie Singers,* sogar der *Popchor Berlin, Maxi unter Menschen* sowieso, das reinste Sonnenbad dagegen gewesen. Aber dafür war keine Zeit mehr da, um zu streiten. Beziehungsweise wurde natürlich wahnsinnig viel inhaltlich gestritten. Aber das war eine andere Ebene; auf der konnten wir uns viel besser verständigen als bei den Lebensthemen, bei denen ich meistens das Gefühl hatte, wir würden auf verschiedenen Planeten leben.

Der Einfachheit halber schrieben wir als Absender unsere beiden Namen mit Reverends Adresse. Ich glaube, es waren achtzig gefütterte Umschläge, die wir einwarfen. Und als wir am nächsten Tag den Kram aufräumten und die Papierflut von Entwürfen zusammensammelten, entdeckte ich etwas sehr Schlimmes. »Das glaub ich jetzt nicht.«

Reverend schaute hoch: »Was denn?«

Und ich zeigte auf eine Stelle im Exposé. Da stand: *Literarische Zitate aus der Weltliteratur.* Ich wühlte in dem Papierberg herum und hoffte, dass dies eine frühe Version war, die wir noch bearbeitet hatten. Aber nein. Auf allen achtzig herausgeschickten Exposés stand: *Literarische Zitate aus der Weltliteratur.*

Schon vier Tage später meldete sich das Eisenbahnmuseum Darmstadt-Kranichstein. Ob wir als Eisenbahnfans eine Rohrpatenschaft für die Dampflok Susi übernehmen wollten. Hm, eher nicht, aber danke für die Rückmeldung.

So nach und nach trudelten nun die Absagen der verschiedenen Sender ein. Das war deprimierend. Als ich sie abheftete und einen traurigen Ordner anlegte mit der schönen Aufschrift *Weiß ich, ob der Lokführer gut gefrühstückt hat?* (das war der Titel unseres Eisenbahnfeatures), fiel mir etwas Merkwürdiges auf: Mindestens die Hälfte der Briefe war an uns beide adressiert, aber die Anschreiben nur an mich gerichtet, also: »Sehr geehrte Frau Klotz, wir bedanken uns ... Leider ...« Ich traute mich erst gar nicht, Reverend das zu zeigen. Aber ich konnte auch nicht alleine damit leben.

Er war ganz ruhig: »Glaubst du's mir jetzt?«

»Aber die kennen dich doch gar nicht, und mich auch nicht, das kann doch gar nicht sein!«

»Doch, die riechen das.« Für ihn war das astrologisch begründet. In seinem Horoskop könne man das eindeutig sehen: Anerkennung auf der Bühne, aber null Sozialstatus.

Damit konnte ich nichts anfangen. Aber ich hielt Belege eines Phänomens schwarz auf weiß in meinen Händen; eines Phänomens, das ich mir nicht erklären konnte. Da hatten Redakteure, für die wir wildfremde Menschen waren, beim Anschreiben einfach einen von zwei Absendern ignoriert.

Für Reverend war völlig klar, wie der Hase läuft: »Da gibt es keine zwei Meinungen.«

Klar? Für mich war klar, dass 95 Prozent aller Leute sich an die Stirn tippen würden. Das konnte nur Zufall sein. Zufall? Da würden dann allerdings 90 der 95 Prozent sagen: *Es gibt keinen Zufall!* Dies noch begleitet von einem wissend-triumphierenden Gesicht.

Ich hasste diesen Ausspruch. Für mich bestand das Leben aus lauter dummen und, wenn's mal gut lief, glücklichen Zufällen. Aber jetzt, vor so vielen Dokumenten einer Nichtbeachtung ... Ich suchte nach Erklärungen.

»Hey, vergiss es. Plausible Erklärungen findet man immer. Im Einzelfall. Jetzt denk mal logisch. Haben so viele Redakteure aus Schlampigkeit meinen Namen vergessen? Das ist nicht wahrscheinlich. Trau dich mal, einen größeren Zusammenhang zu denken. Du musst noch nicht mal die Astrologie heranziehen, um zu merken, dass da was nicht stimmt.«

Es sträubte sich alles in mir, aber ich konnte mich seiner Argumentation nicht entziehen. Sowieso: Reden konnte der Mann. Das hatte ich nun schon in etlichen nächtlichen Sitzungen, die sich bis in die Mittagsstunden und völlige Erschöpfung ziehen konnten, erlebt. Und in sich waren seine Theorien auch immer stimmig. Nur der Ansatz war für mich meistens völlig indiskutabel. Also, die Aussage, eine Frau würde sich nur schminken, um Männer scharf zu machen, ist grundsätzlich richtig. Aber daraus den Schluss zu ziehen, seine Frau würde ihn betrügen oder wolle ihn verlassen, nur weil sie sich Pumps anzieht, ist paranoid. Mit einem anderen Freund gäbe es diese ganzen Diskussionen gar nicht. Wie einfach könnte das Leben sein, wie luftig, lustig, unbeschwert!

Ich bin ein Kind der Vernunft, finde Wissenschaft gut und habe nicht den Eindruck, dass die Welt gerade untergeht. Wenn die

Statistik sagt, dass mehr Menschen durch Autounfälle ums Leben kommen als bei einem Flugzeugabsturz, dann hilft mir das beim Fliegen, auch wenn mein Gefühl ein viel unsichereres ist als beim Autofahren.
Andererseits kotzt mich diese aufgeklärte, abgeklärte Haltung an. Vielleicht sollte man viel mehr auf seine innere Stimme, seine Intuition oder sein Empfinden, oder wie immer man das nennen will, hören. Es gibt vieles, was man sich nicht erklären kann. Das heißt noch lange nicht, dass es diese Dinge nicht gibt. Aber wenn Reverend dann damit anfing – und viele Diskussionen mündeten in diese Richtung –, dass heute eine Denktotalität herrschen würde wie schon lange nicht mehr, die genauso faschistisch wäre wie zur Nazizeit, nur unter anderen Vorzeichen; dass die meisten Vertreter linker Gesinnung, ja, die meisten unserer Künstlerbekannten zu Zeiten der Naziherrschaft unter deren Fahne agiert haben würden, hätten sie damals gelebt, dann widersprach ich aufs Heftigste, unterstellte ihm eine üble Neurose und fühlte mich einsamer denn je. Wem kann man so was erzählen? Gehört so ein Mensch nicht einfach in die Klapse?

Ich musste daran denken, wie ich meinen Exfreund vor ein paar Wochen getroffen und er mich nach meiner neuen Liebe gefragt hatte.

»Schwierig«, war meine wie immer knappe Antwort. Und als er mich abwartend ansah, tat ich noch einen Satz dazu: »Der sagt so Sachen wie: ›Du bist halt mehr für die Erde da und ich mehr für den Himmel.‹«

»Oje, du Arme«, war sein Kommentar gewesen.

Das machte mich sauer. Nicht in dieser Sekunde. Erst mal war das eine Erleichterung, sich wieder auf sicherem Boden zu befinden, wo vernünftige Menschen miteinander kommunizieren und die gleiche Sprache sprechen. Erst viel später, Tage später, merkte ich, wie dieser Kommentar in mir rumorte und mir keine Ruhe ließ. Es war dieser ruhige Ton der Überzeugung, was geht und was nicht geht, eben diese Einigung auf bestimmte Lebenseinstellungen, die mein Exfreund mit aller Selbstverständlichkeit mit diesen drei Worten ausgedrückt hatte und in die er mich mit aller Selbstverständlichkeit miteinbezogen hatte. Ich meine, er hätte ja auch sagen können: »Interessant«, oder: »Abgefahren«, oder: »Na, da hast du dir ja einen angelacht.« Ich wurde immer wütender. Dieses »Oje, du Arme« machte eine Gemeinsamkeit auf, die nett von ihm gemeint gewesen war. Aber eigentlich, je länger ich darüber nachdachte, desto unverschämter kamen diese Worte mir vor. Respektlos meinem neuen Freund gegenüber, respektlos auch mir gegenüber. Du Arsch, dachte ich, du bist immer auf der sicheren Seite gewesen mit deinen wohlhabenden Eltern, mit deinen ganzen schlauen Freunden, die so links sind und in Wahrheit gar nichts hinterfragen.

Und dann: Oh Gott, bin ich jetzt konvertiert?

7.

»Ich muss so viel trinken, um ein bisschen abzustumpfen. Denn sonst nehme ich so viel wahr, ständig, überall, dass es eine Qual für mich ist.«
 Anfangs hielt ich das für eine Ausrede für seine Sauferei, ein Schönreden. Aber mit der Zeit konnte ich ihn verstehen. Reverend ist so empfindsam, dass er wahnsinnig viel mitschneidet, ob er will oder nicht. Oft gehen wir aus einem Supermarkt raus, und er sagt: »Hast du das mitgekriegt, was da abging zwischen dieser Frau und ihrem Kind?« Und ich hatte noch nicht mal eine Frau, geschweige denn ein Kind gesehen. Oder wir besuchen Freunde und wollen was mit ihnen besprechen, und er sagt dann leise zu mir: »Lass uns das mal sein lassen. Hier ist schlechte Stimmung.« Ich hatte gedacht, die Freunde seien einfach ein bisschen müde.
 Aber er hatte fast immer Recht.

Mich erinnert das an die Hellseherin, über die ich im Auftrag eines Verlages 2009 ein Buch geschrieben hatte (unter dem schönen Pseudonym Merle Janssen). Sie erzählte mir, dass sie im Kaufhaus oder sonst wo in der Öffentlichkeit manchmal bei wildfremden Menschen spüren würde: »Das ist ein Kinderschänder«, oder »Die Frau wird bald eine nahe Person verlieren.« Sie habe, erzählte sie mir, eine Technik entwickelt, solche Dinge nicht an sich rankommen zu lassen – außer natürlich bei ihren Beratungen –, sonst würde sie verrückt werden. Nun hatte diese Dame zwar eine interessante Biografie, aber sie schien mir nur begrenzt glaubwürdig, weil ihr Hellsehen sich auf RTL-Niveau befand, auf dem sich auch ihr Leben abspielte. Also, was sie sah, waren immer verschwundene Kinder, über die im Fernsehen berichtet worden war, geschlagene Frauen und Kinderschänder. Aber vielleicht ist das ja ganz logisch, vielleicht können solche Leute eben nur Dinge, die sie selbst kennen, »sehen«. Ich denke, auch in ihrem Fall ist dieses Hellsehen eine Kombination aus Empfindsamkeit (Reverend sagt dazu: Antennen besitzen), Menschenkenntnis und geschicktem Verarbeiten von dem, was die Klienten erzählen. Das meine ich gar nicht abwertend. Es wird mit so viel Schrott Geld verdient, da finde ich das noch halbwegs okay. Ich allerdings würde mich da nicht beraten lassen. Muss ich ja auch nicht.

Aber zurück zu Reverend: Seine Antennen hat er nicht zum Beruf gemacht, sie machen ihm im Gegenteil oft das Leben schwer; in den Bands, bei denen er spielte und in denen er immer die Hierarchien spürte und darunter litt; im Familienverband, den er Clan nennt, wo er als Kind schon merkte, dass der Cousin seinen Eltern das liebere Kind war; und eben in den ganzen Alltagssituationen, wo er merkt, wenn was nicht stimmt. Zu dieser Empfindsamkeit kommt noch dazu, dass er kein Alphatier ist, wie er es nennt, also keine Durchsetzung besitzt. Auch das konnte ich am Anfang nicht verstehen, hat er doch eine sehr männliche Stimme und ist überhaupt eine stattliche Erscheinung.

»Das habe ich mir sehr bewusst zugelegt, die guten Klamotten, den Style – damit ich nicht untergehe. Meine Stimme ist mein einziger Trumpf. Schau dich doch um: Sobald du rausgehst, bist du unter Raubtieren. Es ist noch schlimmer als bei den Tieren, denn bei denen ist es wenigstens klar, wie die Hierarchien laufen. Hier wird dir vorgemacht, wir seien zivilisiert. Aber der Mensch ist nicht zivilisiert. Es läuft nur perfider ab. Dann wirst du halt aus deiner Abteilung rausgemobbt und weißt gar nicht, warum dir das passiert ist.«

Sind die Menschen wirklich so unbarmherzig? Auch darüber haben wir nächte- und jahrelang diskutiert, tun es immer noch. »Wenn ich dich so höre, dann wird es schon fies, sobald mehr als zwei Menschen im Raum sind«, sage ich dann etwa.

»Ja, das ist auch so. Aber das ist gar nicht das Schlimme. Das Schlimme ist, dass niemand zugibt, dass es so läuft. Alle tun so, als wären wir prima soziale Menschen, die alle Probleme miteinander lösen können. In Wirklichkeit ist es schon im Kindergarten so, dass da zwei, drei Kinder sind, die leiden und für die das dort die reinste Hölle ist.«

»Trotzdem lebe ich lieber in einer Zeit, in der es Gesetze gibt und Verhaltensregeln. Ich finde Zivilisation unterm Strich einen Gewinn. Da kann nicht einer einfach über mich herfallen, weil er geil ist. Und ich bin auch nicht von der Willkür eines Herrschers abhängig«, antwortete ich dann.

»Bist du dir da so sicher?«, fragte er »Bist du heute nicht von den Medien, den Stimmungsmachern, der Versicherung, den Ämtern abhängig?« Darüber kamen wir auf den Begriff der Freiheit. »Wie bescheuert sind die Leute eigentlich, wenn sie denken, sie wären heute freier als vor tausend Jahren? Du kannst dir nicht mehr einfach im Wald eine Hütte bauen und da leben. Du kannst nicht sagen: Ich möchte nicht, dass meine Kinder eine Schule besuchen. Du kannst noch nicht einmal ohne Versicherung leben.«

Man kann sich vorstellen, wie endlos solche Diskussionen werden können. Ich weiß nicht, wie viele Liter Wein, wie viele Zigaretten und wie viele Stunden Schlaf uns die gekostet haben. Oft gipfelten sie in einer fast schwärmerischen Beschreibung Reverends über den Zustand der Vogelfreiheit, bei dem man wenigstens wüsste, woran man wäre, und sich an nichts mehr halten müsse, man könne im Wald hausen und stehlen und, wenn nötig, morden, man könne durch Geschicklichkeit überleben, das wäre ein Leben, was er für Gedisste und Außenseiter einfacher fände als die Kacke hier.

Das wäre ja wohl völlig übergeschnappt und unrealistisch, blaffte ich zurück, und so ging es dann wieder vier Stunden.

Irgendwann kroch ich dann völlig geschlaucht ins Bett und musste womöglich am nächsten Morgen um 6:30 Uhr Aaron zur Schule wecken (Berlin) oder um 8:14 Uhr zum Zug (Hamburg), damit ich um elf beim Dirigenten war, bei dem ich als Privatsekretärin arbeitete.

Meistens versöhnten wir uns ja spätestens am nächsten Tag auf das Schönste. Und wenn ich manchmal sagte: »Ich glaube, ich kann nicht mehr«, dann sagte Reverend: »Ach komm, wenigstens ist es mit mir nicht langweilig.«

Und da hatte er auch wieder recht.

So gingen die ersten Jahre als »Pärchen« dahin. Warum gibt es eigentlich in Deutschland, und nur da, diese Verniedlichung? Mir geht das ganz normal von den Lippen, aber wenn ein Engländer oder Franzose nachfragt: »Wie nennst du das?«, und dann total lachen muss, fällt mir die Lächerlichkeit dieses Ausdrucks erst auf.

Wir schreiben das Jahr 2004.

Mit Aaron, meinem Sohn, der zu der Zeit neun Jahre alt war, verstand sich Reverend schon immer gut – viel besser als mit mir. Aber sie hatten ja auch Themen, auf die sie sich einigen konnten: Kriegsstrategien, Waffen, U-Boote, Erster Weltkrieg, Zweiter Weltkrieg.

Aaron ging dienstags zu einer Töpfergruppe in der Naunynritze.

Nach den ersten Gefäßen, Krokodilen und Königen folgten Armbrust, Panzer, Speere und Soldaten. Der Gesichtsausdruck von Therese, der Töpferlehrerin, war immer sehr ernst, wenn sie mir die oft extrem phallischen gebrannten Produkte überreichte: »Hier, das hat dein Sohn gemacht.« Dann war ich peinlich berührt und sah voller Wehmut auf die von den Mädchen liebevoll gestalteten Menschen- und Tierfiguren und die Schalen mit reich verziertem Deckel, die ihre Mütter bestimmt als Schminkkästchen benutzten und sich gut dabei fühlten.

Reverend lachte sich halbtot über das tönerne Waffenarsenal, das sich zu Hause ansammelte. Aber er mochte auch sehr das Königspaar. Dieses Faible für alles Adlige, Königliche haben wir übrigens beide: bei mir diffus und unbewusst; für ihn ist klar, dass die richtige Scheiße mit der Aufklärung und der Französischen Revolution begann.

Ich hielt Aaron dazu an, noch so ein Königspaar zu formen und es seinem neuen Stiefvater zum Geburtstag zu schenken. Tatsächlich brachte er es rechtzeitig mit nach Hause; nicht ganz so schön wie meines und etwas wacklig, der König musste sich an den ausgebreiteten Arm der Königin lehnen, um nicht umzufallen.

Die Reaktion von Reverend ließ mich dann doch aus allen Wolken fallen. Bei Aaron bedankte er sich höflich und schien sich zu freuen. Aber abends, als wir beide alleine waren, sagte er bitter: »Na, das spricht ja wohl für sich, dass der König nicht alleine stehen kann. Da hat dein Sohn ja intuitiv eine Wahrheit ausgedrückt.«

Häää?

Er meinte mich und sich. Dass er zu wenig männlich sei, um der Frau Halt und Schutz zu bieten, sondern umgekehrt auf ihren angewiesen sei; dass das unnatürlich sei und keinen Bestand haben könne. Für ihn gab es keinen Zweifel, dass Aaron unbewusst ein wahres Bild geschaffen hatte, ja, er wunderte sich darüber, dass man das überhaupt anders sehen konnte. Ich verkniff mir die Bemerkung, dass schätzungsweise 96 Prozent aller Menschen das anders sehen würden, ich wollte uns den Geburtstagsabend nicht versauen. Gestritten haben wir dann trotzdem, aber über was anderes.

Eines Tages sagte Aaron, als ich mit ihm vom Schülerladen nach Hause ging, so aus dem Nichts heraus: »Übrigens, Almut, wenn du zu Rev ziehen möchtest nach Hamburg, bin ich nicht böse. Ich komm dann auch jedes Wochenende oder ganz oft. Aber ich werde nicht mitziehen. Ich bleibe dann bei Rudi. Ich möchte in Berlin bleiben.«

Dazu muss ich erwähnen, dass Aaron zwei Zuhause hatte, bei mir und bei seinem Vater Rudi. Und seit ich von Kreuzberg nach Mitte gezogen war (2000), betrachtete er unsere Wohnung als sein Zuhause, aber nicht die Gegend. Die ist ihm bis heute fremd, er hat hier keine Freunde, kein Umfeld, und er kritzelt zwar nicht mehr auf jede freie Stelle »36«, aber er fühlt sich als echter Kreuzberger, was mir schon viel Bauchschmerzen bereitet hat. Aber so ist es eben.

Jedenfalls, diese Ansage von ihm war so klar, dass ich die zart keimende Idee eines Zusammenziehens verwarf.

Als ob nicht schon genug Steine in unserer Malefiz-Beziehung gewesen wären, kam noch ein weiterer dazu: Reverend hatte von Anfang an ständig alarmierende Symptome, die auf eine ernsthafte Krankheit schließen ließen. Mal war seine rechte Gesichtshälfte gelähmt, mal hatte er solche Rumpfschmerzen, dass er kaum aufstehen konnte, mal konnte man einen Hubbel in seinem Handteller spüren, der immer größer wurde. Ständig wurde spekuliert, was das nun sein könne: Angina pectoris, Muskeldystrophie, pseudomembranöse Colitis oder doch nur Pfeiffersches Drüsenfieber. »Was heißt hier nur? Schau dir mal diesen Bericht an!«

Es konnte passieren, dass er einen mitten in der Nacht anrief und voller Panik fragte: »Sag mal, ist der Blinddarm eigentlich rechts oder links?«

Ich hatte zu diesem Zeitpunkt einen Körper, der funktionierte und über den ich mir keine Gedanken machte. Es war selbstverständlich, dass dieser Körper lief wie eine gut geölte Maschine. Mit Störungen hatte ich keine Erfahrung; Reverends Panik steckte mich an, und anstatt ihn zu beruhigen und mit kühlem Kopf Erklärungen zu suchen, sah ich ihn im Endstadium dahinsiechen. Zum Arzt ging er nie. Lieber spekulieren als Gewissheit haben. Außerdem war die Schulmedizin für ihn ein Netz von Pharmalobbyisten und karrieregeilen Ärzten, und er glaubte an selbstheilende Kräfte. Ich lebte in ständiger Angst; Reverends sehr ungesunder Lebenswandel machte die Sache nicht einfacher. Mehrmals war ich kurz davor, die 112 zu wählen. Aber meistens half die stundenlange Beschäftigung mit den Symptomen, das Zusammentragen aller Informationen zu einem Haufen, den man *gefährliches Halbwissen* nennt, und die den meisten Hypochondern gegebene Selbstironie, die Panik wegzureden. *Ich sterbe mal wieder, also können wir auch spazieren gehen.*

Reverend liebte Molière, und eines seiner Lieblingsstücke hieß *Der Eingebildete Kranke,* in dem der Hypochonder Argan Ärzte um sich schart, weil er sich todkrank wähnt, und von diesen geldgierigen Ärzten ausgenommen wird. Besonders lustig fand Reverend die Tatsache, dass Molière, der die Rolle des Titelhelden selbst spielte, bei der vierten Vorstellung umfiel und wenige Stunden darauf starb, noch im Kostüm des Argan.

Im Herbst 2004 bekam ich eine Anfrage des *Verbrecher Verlags,* ob ich eine Lesung im Rahmen der *Verbrecher Versammlung* machen wollte. Die fand damals jeden Dienstag im *Kaffee Burger* statt. Ich sagte zu. Sofort stellten sich unangenehme Visionen ein, wie ich da womöglich inmitten dieser Indie-Gemeinde lesen und gefeiert werden würde, und Reverend würde wie ein Fremdkörper am Tresen stehen – der *Rote Salon* war noch nicht lange her. Da hatte ich die super Idee, ihn zu fragen, ob er die Lesung mit mir zusammen machen würde. Reverend fand die Idee gut, wir schickten uns gegenseitig unsere Texte zu und dann war erst mal Funkstille. Seine Texte – nachdem ich sie erst mal von ihren grauenhaften Grammatikmonstern befreit hatte – schienen mir sehr moralisch und pathetisch, und wie er meine fand, habe ich ihn nie gefragt. Ich kann mir im Nachhinein vorstellen, wie konformistisch ihm meine Kolumnen vorkamen.

Aber einen Text gab es von mir, der einen Plot ohne Auflösung hatte. Er war als Fortsetzungsding geplant gewesen für meine Lesungen, aber viele Gedanken hatte ich mir nicht darüber gemacht. Nach einem frustrierten Telefonat, dass es ja bei unseren Texten wohl gar keinen roten Faden gäbe, der das irgendwie verbinden könne, erhielt ich dann plötzlich einen Text von Reverend, der meine angefangene Story weiterführte, aus der Perspektive einer anderen Person, die das von mir Erzählte beobachtet hatte. Wow! Das war die Lösung! Ich spann den Faden weiter, und von Reverend kam wenige Tage später wiederum ein Text, der die Geschichte mit dem zweiten Protagonisten weiterschrieb. Mit diesem Ping-Pong-Verfahren kriegten wir eine Geschichte hin, die wir beide gut genug für eine Lesung fanden. Dem Publikum schien es auch zu gefallen, und nach der Lesung kam sogar einer an und fragte, ob wir schon einen Agenten hätten. Wir schauten uns an. So weit hatten wir gar nicht gedacht. Aber warum eigentlich nicht?

8.

Ich hatte schon wahnsinnig viel über Reverends Familie erfahren. Dieser Kiez-Clan, der mit Zuhältern und Hehlern zu tun hatte, dann aber auch der eingeheiratete geheimnisvolle Onkel, der mit Erich Kästner gesoffen hatte und Standfotograf bei den berühmtesten UFA-Filmen gewesen war – das war für eine Lehrerstochter eine schillernde Welt der Unbürgerlichkeit. Gleichzeitig wurde Reverend nicht müde, über die Piefigkeit seiner Eltern, unter der er immer so gelitten hätte, zu erzählen. Er habe, so sagte er, sich schon als kleines Kind gewünscht, andere Eltern zu haben, eines Tages aufzuwachen und von einer Amtsperson zu erfahren, er sei damals im Krankenhaus verwechselt geworden. Dann stellte er sich immer die Traumeltern vor, zu denen er gebracht würde: weltgewandt, offen, lässig und mit guten Manieren. Nicht schnäppchenorientiert und kleinklein wie seine richtigen Eltern.

Diese waren 1972 von dem ländlichen Sasel in eine Hochhausburg in Jenfeld gezogen, was für den damals 7-jährigen Christian die Hölle gewesen sein muss. Vorbei die Tage, an denen man einfach aus dem Haus gehen konnte in die Felder und Wiesen; wo es Inge gab, mit der er in der Gegend herumstreunte; wo man zum Abendessen wieder nach Hause kam, und niemand fragte, wo man den Tag verbracht hatte; wo die Katze xxx ihn zur Schule begleitete. In Jenfeld herrschte ein anderes Klima. Arbeiter- und Arbeitslosenkinder machten den Dicken und bildeten Banden. Wenn man nicht von einer Bande protegiert wurde, erging es einem schlecht. Und nach zwei, drei Jagden, bei denen er irgendwann auf dem Boden lag und dann auf ihn auch noch eingetreten wurde, wurde ihm klar, dass er sich mit einer der Banden einlassen musste.

Sein Vater arbeitete als Bahlsen-Vertreter, seine Mutter organisierte Sammelbestellungen beim Otto-Versand, damit es billiger wurde. Reverend ahmte gerne die Nachbarinnen nach, wie sie im breitesten Dialekt zu seiner Mutter sagten: »Du, Frau Dabeler, ich kann die Rate grade nicht zahlen.«

Reverend schien so eine Art Hassliebe zu seiner Familie zu haben. Einerseits war er stolz auf seine unbürgerliche Herkunft. Studenten mit Akademikereltern waren für ihn immer das Letzte. Andererseits hatte er seine Familie nie als Schutz empfunden. Da war nie von Wärme oder gar Liebe die Rede. Er bezeichnete seine Familie auch meistens als »Clan«. Als ich ihn darauf ansprach, meinte er, dass diese Bezeichnung das Geflecht besser beschreiben würde als das romantisierende »Familie«.

»Ein Clan braucht einen Sündenbock. So wie die Ziege im Kuhstall, die alle Krankheiten zuerst abkriegt und im Zweifel daran stirbt, so funktioniert ein Clan. Wenn du dich nicht davon befreit hast, kannst du nach Australien ziehen, jahrelang keinen Kontakt zu deiner Familie haben, ein eigenständiges Leben führen – der Clan erreicht dich doch. Dann kriegst du halt Krebs, oder dein Haus brennt ab, und du verstehst nicht wieso. Ich war in meinem Clan so ein Sündenbock. Das ist echt nicht schön, wenn man als Kind merkt, dass der Cousin zu Weihnachten mehr Geschenke bekommt und von der Oma, die bei uns so die klassische Regentin war, bei der alle Fäden zusammenliefen, permanent vorgezogen wird.«

Nach zwei Jahren Beziehung, um es mal so neutral wie richtig auszudrücken, kann man auch mal den Eltern vorgestellt werden. Wobei sowohl bei Reverend als auch bei mir der Vater schon gestorben war. Ich war noch nie besonders familienorientiert, habe von manchen Freunden die Eltern spät oder auch nie kennengelernt. Ich war auch noch nie scharf darauf gewesen, auf Familienfesten des Freundes dabei zu sein, wo der Freund plötzlich in eine Rolle zurückfällt, die für einen selbst höchst befremdlich ist. Das liegt vielleicht daran, dass in meiner eigenen Familie Freunde oder Freundinnen sehr selten mitgebracht wurden und Weihnachten oder Mutters Geburtstag immer unter Ausschluss der jeweiligen Lebensgefährten zelebriert wurden. »Ich sag nur: Clan«, war Reverends kurzer Kommentar dazu.

Jedenfalls war ich natürlich schon sehr gespannt auf die Schreckschraube von Mutter, nach allem, was ich von Reverend gehört hatte.

Natürlich kam alles ganz anders, wie immer. Lisa, wie sie sich gleich vorstellte, war eine kleine, zähe Frau, die die gleiche prägnante Mundpartie hatte wie mein Freund; nämlich, falls ich es noch nicht erwähnt habe, die vorgeschobene Oberlippe, die im Profil besonders schön zu bewundern ist, man denke an Loriots Cartoonfiguren. Lustigerweise ist Reverend ein totaler Fan von Loriot und dessen Humor. Aber ich habe aufgehört, mich über solche Entsprechungen zu wundern. Zu oft habe ich diese bei ihm erlebt. Er selbst würde wahrscheinlich dazu sagen: »Das Tun und Lassen der Menschen ist nicht so unabhängig und selbstbestimmt, wie alle immer denken. Guck dir zum Beispiel die Vornamen an, die Eltern ihren Kindern geben. Merkwürdigerweise passen die meistens.«

Aber zurück zu Lisa Dabeler. Ich hatte mir eine Prolette in einer engen, nach altem Essen stinkenden Zweizimmerwohnung vorgestellt. Stattdessen saßen wir im Wohnzimmer einer sehr großzügig geschnittenen Wohnung mit Garten in Uhlenhorst. Ich entdeckte mehrere Accessoires, die ich auch aus Reverends Wohnung kannte: die Schiffsuhr an der Wand, deren Wachschicht-Uhrschläge als Laie nicht ganz einfach nachzuvollziehen sind; die aufklappbaren Metallaschenbecher; die für Hamburg so typischen Tischlampen mit Messingfuß – Accessoires, die für mich, aus einem Bildungsbürgerhaushalt Stammende, sehr behäbig und bieder wirkten. Seit ich mich in Hamburg herumtreibe, habe ich ein anderes Wort dafür gefunden: gediegen. Das war für mich zwar bisher auch eher ein Schreckenswort, aber in Hamburg hat es eine andere Bedeutung. Es steht für die Tradition der Hanse- und Hafenstadt, für hanseatisches Selbstbewusstsein. Ich kenne das aus meiner Heimat nicht. Klar, da wird vielleicht eine Kuckucksuhr halbironisch aufgehängt. Und in meinem Heimatort läuft in den Sommermonaten ein Nachtwächter herum, der wie zu früheren Zeiten singt: »Hört ihr Leute, lasst euch sagen, die Uhr hat soundso viel geschlagen ...« Aber diese Traditionen, und sei es auch nur in ihren erbärmlichsten Resten, werden im Schwarzwald eigentlich nur für den Tourismus aufrechterhalten. Sie sind eine leere Hülle, eine Farce, über die sich die Einheimischen unter der Hand lustig machen. Ansonsten versuchen sie, modern zu sein, Fortschritt ist alles, natürlich in dem Selbstbewusstsein: Wir können alles außer Hochdeutsch. Und wenn ich manchmal nach Hause komme und sehe, was es da an Neuem gibt: einen *Schwarzwaldbob,* in den Berg gerammt, einen *Pfad der Sinne,* auch in den Berg gerammt – dann wird mir schon sehr weh ums Herz. Und das ist in Hamburg, überhaupt in Norddeutschland, etwas anders: Die Menschen leben mehr in der Tradition. Maritime Motive hängen in den Wohnzimmern und Kneipen aller Schichten, Shanty-Chöre werden nicht belächelt, sondern gehört. Dazu fällt mir ein sehr schöner Ausspruch von Reverend ein, als wir einmal in Stade waren und dort anlässlich eines Hafenfestes mehrere Shanty-Chöre auftraten, etwas wacklig intonierend, aber inbrünstig. Da sagte Reverend: »Mir ist es lieber, die gibt es, als dass es sie nicht geben würde.« Das gefiel mir sehr. Genauso sehe ich das, auch mit anderen Relikten unserer Kultur, zum Beispiel Kirchen: Obwohl ich nie zu Gottesdiensten gehe, finde ich es schön, dass es Kirchen gibt, und gehe auch gerne mal in eine rein, um die Stille und die Zeichen der Andacht zu genießen. Ich finde die Vorstellung, dass in Kirchen Modemessen und Flohmärkte stattfinden, grauenhaft.

Wie kam ich jetzt darauf? Genau, über das Wohnzimmer von Lisa Dabeler, das die gleichen gediegenen Accessoires hat wie das von ihrem Sohn. Lustig. Wo man doch schon so viel Schimpfe über sie gehört hatte.

Wir sitzen also in ihrem Wohnzimmer, Lucie tollt auf dem großen, über Eck gehenden und ebenfalls sehr gediegenen Sofa herum, und wir werfen ihren schon sehr ramponierten Teddy an komplizierte Stellen und schauen gemeinsam zu, ob und wie sie ihn mit ihrer unglaublichen Willenskraft kriegt. Es ist wie mit einem Kind: Die Kommunikation wird erleichtert. Und wie die beiden – Mutter und Sohn – über Lucie reden, ist auch so wie über ein Kind. Lisa: Letztens hat sie das und das gemacht, wie viel Futter gibst du ihr, sie hat da so eine Stelle, wo sie sich immer kratzt – und er knurrt nur so oder gibt Antworten wie: »Jetzt mach dir mal nicht so viele Gedanken, hat doch immer geklappt.« Ich hatte noch nie einen Freund mit Kind. Aber genauso stelle ich es mir vor, wenn man bei seiner Mutter ist.

Wir fahren zurück zu seiner Wohnung, schweigend. Oben machen wir es uns gemütlich in seinem Wohnzimmer. Wein, Kerzen, öffnen das große Fenster, das einen so schönen Ausblick gibt:

»Und, was meinst du?«, fragt er nach einer Weile.

Ich sage: »Du, ich fand deine Mutter echt nett.«

»Ja, ist sie ja auch« sagt Reverend.

Ich glaube, wir haben uns noch nicht mal mehr gestritten. Oder wahrscheinlich doch. Es kann eigentlich gar nicht anders sein. Egal. Wir waren beide froh, dass dieser Schritt glimpflich verlaufen war und hinter uns lag.

Ganz anders mit meiner Mutter: Sie kam 2004 wie immer zu Ostern nach Berlin. Jede andere Mutter hätte den neuen Freund ihrer Tochter, von dem ich ihr natürlich schon erzählt hatte, gerne kennengelernt. Nicht so meine. Die hat es gerne ohne Risiken und ohne Komplikationen, bitte same procedure as every year. Obwohl sie gleichzeitig sehr spontan und modern wirkt und darauf auch sehr viel Wert legt.

Da es einen Auftritt mit dem *Popchor* gab, bei dem Reverend inzwischen den Sound mixte, und da unser Freund Ran gerade eine neue Wohnung am Rosa-Luxemburg-Platz im siebten Stock eines Plattenbaus bekommen hatte, die noch ganz leer war; da meine Wohnung wiederum aus anderthalb Zimmern, darunter ein Durchgangszimmer, bestand, organisierte ich Reverends Besuch so, dass er und ich zwei Tage in Rans leerer Wohnung übernachten konnten. Meine Mutter kam dann zwar zu dem *Popchor*-Konzert, verschwand aber ziemlich schnell und verwirrt: »Die im Publikum reden ja alle während des Konzerts«. Was auch wirklich stimmte; es war kein schönes Konzert für den *Popchor*. Alles war scheiße, und zum Schluss wurde mir beinahe noch meine Tasche mit der Gage darin geklaut. Total besoffen und verstritten landeten wir dann irgendwann in Rans leerer Wohnung, in der nur eine Matratze lag, immerhin.

Ich war am nächsten Tag um elf mit Mutter, Kind und langjährigem Freund zum Ausflug verabredet, und ich weiß nicht, wie ich diesen Tag voller Liebeskummer und Kater überstanden habe, aber irgendwie geht's immer. Wenn ich mich recht erinnere, waren »Ich hasse dich« und »Ich will dich nie wiedersehen« die letzten

Worte in Rans gespenstischer Wohnung gewesen, bevor ich sie verlassen hatte.

Als Reverend dann abends an meiner Tür klingelte, sehr ramponiert, aber mit gebügelter Anzughose, war mir alles egal. Er kam herein, wurde vorgestellt, und dann saßen wir zu viert am Küchentisch – Mutter, Aaron, Reverend und ich. Das Abendessen war schon abgeräumt, und meine Mutter ist nun nicht so der Typ: »Wollen Sie noch was essen, hier ist noch was, das mache ich warm« – und das war auch gut so, denn Reverend aß sowieso nie etwas.

Wir machten also Konversation, jeder tat sein Bestes, Aaron war irgendwann im Bett, da waren es nur noch drei. Und obwohl Reverend sich wirklich Mühe gab und über seine Theatermusiken erzählte, über lauter Hochkulturzeug, was meine Mutter normalerweise schwer beeindruckt, blieb sie erstaunlich kühl.

Auch am nächsten Tag, den er noch blieb und sich artig benahm, mied sie Situationen, in denen sie alleine mit ihm in einem Raum war.

Also, totaler Flop.

Später, am Telefon, als ich sie mal so vorsichtig fragte: »Wie fandste ihn denn?«, sagte sie nur: »Ich glaube, er weckt die dunklen Seiten in dir.« Womit sie ins Schwarze getroffen hatte. Aber mehr kam dann nicht mehr. Außer dass sie Reverend zu ihrem Siebzigsten nicht nur nicht einlud, sondern explizit auslud: »Du, mir wäre es lieber, du kämst nur mit Aaron.«

Ich habe mir darüber gar nicht so viele Gedanken gemacht, weil, wie gesagt, ich selbst bin zu solchen Familiensachen meiner Bekannten nie mitgefahren. Später haben mir einige Freunde gesagt: »So was geht gar nicht«, oder »Da hättest du dich grade machen müssen.« Erst da habe ich gemerkt, dass nicht alle Menschen diese Einstellung haben wie ich: Mein Leben ist hier, und Familie ist dort. Erst da habe ich auch gemerkt, dass Verbindlichkeiten etwas Schützendes bedeuten können.

Reverend hat zwar gar keinen Aufstand gemacht, als ich gesagt habe: »Du, ich fahre jetzt zu meiner Mutter zu ihrem Siebzigsten.« Aber ich glaube, er hätte sich gewünscht, dass ich mir gewünscht hätte, ihn als den Mann an meiner Seite zu präsentieren.

9.

Wenn ich in Wartezimmern sitze und die Zeitschriften durchblättere – und ich sitze oft in Wartezimmern –, bleibt irgendwann nur noch die *Brigitte* übrig. Die hat meine Mutter früher immer gelesen (die ausgelesenen Exemplare einer Freundin), und ich muss sagen, diese Zeitschrift hat sich original gar nicht verändert. Aber man gewinnt ja Erkenntnisse bei den unmöglichsten Gelegenheiten. Als ich nämlich die Beziehungsprobleme von Leserinnen und die Ratschläge der Dipl.-Psych. las und eine launige Kolumne über das gleiche Thema, wurde mir klar, dass Reverend und ich das Gegenpaar von den dort dargestellten Typisierungen sind: er derjenige, der immer Aussprache will und Liebesbeweise braucht; ich die Stoische, die so denkt: »Ach, das wird schon wieder; darüber reden bringt doch nichts.« Er der Kommunikationsbedürftige, bei dem alles über das Sprechen läuft; ich die Wortkarge, die viel mehr Ruhe braucht und »Raum für sich«, wie die Dipl.-Psych. sagen würde.

Das war mir nie so klar gewesen.

Von außen sieht man das ja nicht. Er die Männlichkeit itself, ich jedenfalls eher weiblich als männlich. Und mir wäre das vielleicht auch nie aufgefallen, wenn ich nicht die abgegriffene, ein halbes Jahr alte Ausgabe dieser Frauenzeitschrift gelesen hätte.

Natürlich war mir klar, dass er anders tickt. Reverend liebt dramatische Szenen und ganz großes Kino. Wenn er nach einem schlimmen Streit seine Sachen packte und sagte: »Ich gehe!«, war er sauer, wenn ich ihn gehen ließ. Und wenn ich ihn nach einem anderen schlimmen Streit zum Bahnhof Zoo brachte, stumm und bockig, dann ließ er den nächsten und übernächsten Zug sausen, damit wir uns schön im Café xxx versöhnen konnten. Mein Gott, andere Frauen hätten sich die Finger nach solchen Auftritten geleckt. Ich habe lange gebraucht, um an solchen Inszenierungen Geschmack zu finden. Und als ich so weit war, war es leider gar nicht mehr oft nötig.

Es gibt eine Werbung, an die ich immer denken musste, wenn es mal wieder theatralisch zuging: ein feudales, weißes Hotel in Südfrankreich, man sieht das Meer im Hintergrund; dann öffnet sich ein Fenster nach dem anderen, und zerzauste, wunderschöne Frauen beugen sich heraus und rufen: »Égoiste!« Das war eine Werbung für ein neues Parfum von Chanel namens Égoiste, und ich liebte sie in all ihrem Anachronismus.

Apropos großes Kino: Wir hatten einige Versuche gemacht, einen Pärchenabend im Kino zu verbringen, was immer eine Vollkatastrophe war. Denn Reverend erklärte jedes Mal schon während des Films und ausführlicher danach, dass zeitgenössisches Kino ja wohl die reinste Hölle wäre, angepasster Schwachsinn, von cleveren Karrieristenschweinen, die nichts zu sagen hätten und überhaupt kein Risiko eingehen würden.

Nun fand ich die Filme, die wir sahen (ich erinnere mich nur an »Hundstage«) auch nicht gut. Aber bei den Salven, die sich dann über mich ergossen über die Filme, die Reverend gut fand, konnte ich nicht mitreden.

Für ihn hörte die Ära der guten Filme in den 70ern auf, und genau da war ich eingetreten mit Filmen von Fassbinder und

Werner Herzog im mittwöchlichen *Filmring* damals im Schwarzwald. »Ach, da gab es zu der Zeit ganz andere Filme, auch aus Deutschland. Nicht so politischer Scheiß, viel abgedrehter und freier.«

Und als ich dann Filme von Roland Klick sah und *Zur Sache, Schätzchen*, habe ich sofort verstanden, was er meinte. Sogar die Serie *Kir Royal*, cheesy gemacht fürs Fernsehen, ist um Welten besser als jeder ambitionierte Spielfilm heute im Ersten oder auf Arte.

Wir laufen durch eine schmale Gasse. Ein Mann, eine Frau und ein Kind kommen uns entgegen. Ich habe mich bei Rev eingehängt, und das Kind läuft voll in uns rein.

»Sag mal, geht's noch?«, raunzt Rev.

»Haben Sie ein Problem?«, schreit der Vater herüber.

»Ja, hab' ich! Mit Leuten, die ihre Kinder nicht vernünftig erziehen können.«

»Geht doch zurück, wo ihr herkommt!« Damit dreht sich der Typ um und schließt seine Haustür auf.

»Was sollte das jetzt«, frage ich. »Du hast total überreagiert. Das Kind wollte doch nur unter uns durchlaufen wie unter einer Brücke, so als Spiel.«

»Das war ein hochaggressiver Akt. Dieser Bengel wollte sein Revier klarmachen, der wollte, dass wir zur Seite springen. Das finde ich nicht witzig, das lasse ich mir von einem Fünfjährigen nicht bieten. Und die Eltern schauen sich das seelenruhig an, wie ihr verlängerter Arm Macht ausübt.«

»Wenn du dich so schnell belästigt fühlst, wundert es mich nicht, dass du das Leben permanent als unerträglich empfindest. Werd doch mal lockerer, leben und leben lassen.«

»Ach ja? Ich kann nicht über alles so hinweghuschen wie du. Das halte ich auch für falsch. ›Leben und leben lassen‹ finde ich ein gutes Motto. Das versuche ich auch, die ganze Zeit durchzuziehen. Solange sich Leute korrekt mir gegenüber benehmen, tue ich es auch. Aber wenn sie meinen, den Dicken spielen zu müssen, dann werde ich sauer. Und übrigens wollte das Kind nicht spielen. Das habe ich schon an seiner Haltung bemerkt, als die drei noch weiter weg waren und auf uns zugelaufen sind. Vielleicht hatten sie Streit gehabt. Jedenfalls war es schon so bockig, hatte die Kapuze über den Kopf gezogen und war auf Konfrontation aus. Ein Fünfjähriger ist viel zu scheu, um unter Fremden durchzulaufen.«

Okay, da hatte er recht. Aber sich davon den Abend versauen lassen?

Er: »Wenn ich das als Kind gemacht hätte, hätte mein Vater mich an der Kapuze weggerissen und gesagt: ›Sag mal, spinnst du?‹ Er hätte mir vielleicht sogar einen Backs an den Hinterkopf gegeben. Und das wäre richtig gewesen. Damit hätte ich ein für allemal gewusst, dass ich das nicht bringen kann. Jedenfalls nicht vor meinen Eltern. Aber das kleine Arschloch von vorhin denkt ja noch, das wäre sein Recht gewesen.« Reverend konnte gar nicht mehr aufhören. Er malte sich aus, was er hätte machen sollen (»Ich hätte dem Vater einfach eine drücken sollen. Ohne Worte. Und dann weitergehen. Dann hätten sie vielleicht was gemerkt.«).

Das Gespräch – oder eher: der Monolog – kreiste noch länger um dieses Ereignis. Ich schaltete irgendwann innerlich ab und war verzweifelt. Warum konnte man so eine Begebenheit nicht einfach mal ad acta legen?

Nachdem er irgendwann wieder an dem Punkt angelangt war, wie man hätte reagieren können – und dieses Mal ging es schon um Erschießen –, reichte es mir: »Sag mal, hast du gar keine Moral?«

Reverend antwortete nicht. Er drehte sich eine Zigarette und zündete sie an. Im Radio lief eine merkwürdige Version von *Light my fire*. Es tat gut, einfach nur Musik zu hören. Dann kam *Subway Song* von

The Cure, und ich dachte wie immer, wenn ich dieses Lied hörte, an den alten Pisstunnel unterm Görlitzer Park.

Plötzlich sagte Reverend ganz ruhig: »Nein, ich kenne keine Moral. Ich verachte sie auch. Die, die Macht haben, kennen nämlich überhaupt keine Moral. Die kennen höchstens ein vordergründig anständiges Benehmen, mit dem sie kaschieren, dass ihnen nichts und niemand heilig ist, dass sie keine Liebe in sich tragen, keinerlei Mitgefühl kennen und einem im Rinnstein liegenden Penner ein Messer reinrammen würden, um ihm die letzten zehn Euro zu klauen, wenn sie sich trauen würden. Moralisches Verhalten wird demjenigen aufgezwungen, der eh keine Chance hat, sich zu wehren gegen das, was ihm passiert. Moral ist einfach eine Fessel, die dem Schwächsten auferlegt, nicht aufzubegehren. Dabei muss man wissen, dass Moral nichts mit Ethik zu tun hat. Moral regelt allenfalls das Verhältnis des Menschen zum Menschen und gilt immer nur für die Schwachen, nicht für die Starken. Weil die Starken angeblich so hohe Ziele haben, dass sie einer Moral nicht folgen müssen. Das heißt, jeder, der die Moral ausruft und andere zwingt, diese Moral zu befolgen, darf diese Moral ständig brechen. Er darf morden, er darf betrügen. Moral ist einfach ein Zwangsmittel, das keiner befolgt, der sie ausruft. Ethik ist das Verhältnis zwischen Mensch und seinem Gott, wenn er denn einen hat. Mit Ethik macht man seinen Frieden, nicht vor und nicht mit anderen Menschen, sondern das kann man nur vor sich selbst und seinem Schöpfer erledigen. Von daher kann ich niemanden verurteilen, der sich unmoralisch verhält; der sich diesem Machtanspruch der Moralisten entzieht und der sein Leben in Freiheit lebt und nur sich und seinem Gott verantwortlich ist. Es gibt für mich keinen Mörder und keinen Verbrecher, dem ich nicht ebenso die Hand reichen würde wie einer honorigen Gestalt aus dem moralischen Dünkel. Und nebenbei habe ich unter Zuhältern und Verbrechern wesentlich mehr integere und anständige Menschen kennengelernt. Denen würde ich im Zweifel mein Kind eher anvertrauen, als meinetwegen meinem Vermieter, der in seiner moralisch-religiösen Pseudo-Integrität vorgibt, ein Gutmensch zu sein. Moral ist grundsätzlich bigott. Darum lüge ich, dass sich die Balken biegen, solange es niemandem schadet.«

Ich fragte: »Findest du es denn okay, wenn man an seinem Arbeitsplatz aus den Geldbörsen der Kollegen stiehlt?«

»Wenn die einen schlecht behandeln, ja. Aber im Allgemeinen sind das arme Teufel wie man selbst. Da will man so was doch gar nicht machen. Guck dir Schinderhannes an oder Michael Kohlhaas: Die sehen ja zu, dass es die Reichen trifft, die Pfeffersäcke und die Bischöfe. Robin Hood ist schon wieder moralisch. Da habe ich als Kind schon Beklemmungen gekriegt. Zu sauber, eben auch so einem moralischen Ideal verpflichtet. Der war legitimiert durch seinen Einsatz bei Richard Löwenherz. Da waren die Bösen schon wieder ganz klar. Der war kein Outlaw. Da war ja gegeben, dass die Obrigkeit Gesetze gebrochen hat und es moralisch richtig war, diese zu bestrafen. Dann lieber Räuber Hotzenplotz. Da ist es klar, dass Verbrechen zum Leben gehört.«

»Kann ich alles gut verstehen. Aber mir schwindelt bei so viel Gesetzlosigkeit. Wie soll das funktionieren?«

Reverend sah mich genervt an. »Hey, ich bin kein Akademiker. Ich habe keine soziologischen Statistiken in der Tasche, und das interessiert mich auch überhaupt nicht. Ich kann dir nur sagen, dass ich die Geschichte mit Günter Roersch, ›Auf ein Wort, Herr Präsident‹, total gut fand.«

Ich kannte die Geschichte nicht.

»Das war der Typ, der den damaligen Bundespräsidenten von Weizsäcker zur Rede stellen wollte wegen dessen Wissen um die Judenvernichtung im Dritten Reich und später seiner Rolle bei der

Chemiefirma Boehringer, die das Dioxin lieferte, das von den Amerikanern in Vietnam eingesetzt wurde. Er hat Weizsäcker abgefangen, als der auf dem Weg ins Theater war. ›Auf ein Wort, Herr Präsident!‹ Aber der wollte natürlich nicht, und da hat er ihm einfach eine reingehauen. Und ist dafür verurteilt worden.«
»Das nennt man wohl Zivilcourage«, sagte ich.
Reverend zündete sich eine neue Zigarette an, ich auch. »Ja. Aber nicht auf der sicheren Seite. Ich würde eher sagen: Selbstjustiz. Der Typ hat sich damit jede Menge Ärger eingehandelt. Er war eben kein Journalist, der Beweise gesammelt und mit seinem Anwalt und seiner Redaktion das Vorgehen abgesprochen hat. Er hat einfach aus seiner Empfindung heraus gehandelt. Klar war er ein Spinner. Aber er hat recht gehabt. Der Weizsäcker war eine Sau. Nur leider wird so einem Spinner ganz schnell der Saft abgedreht, weil er keine Lobby hat.«

Besondere Freude bereiteten ihm Hochstapler: Alle halbe Jahre, wenn in den Medien wieder über einen Arzt, der keiner war, berichtet wurde, frohlockte Reverend, und es tat ihm nur leid, dass derjenige geschnappt wurde. Besonders Harksen hatte es ihm angetan, der Typ, der gierigen Leuten das Geld aus den Taschen zog, indem er ihnen Rendite von bis zu 1.300 Prozent versprach, wenn sie in Investmentunternehmen investierten, die es tatsächlich gar nicht gab.
»Weißt du, wer so blöd ist, das zu glauben, wem die Geldgier alle Vernunft aus dem Hirn treibt, der hat es auch nicht anders verdient! Und dann hat Harksen die auch noch jahrelang hingehalten, sie eingeladen in seine Luxusvilla in Südafrika, den Zampano gespielt und diese Idioten immer wieder einwickeln können mit seinen Versprechungen. Köstlich!«
Auch der Juwelenraub 2009 im KaDeWe war Reverend ein Fest. Als man keinen der beiden Zwillinge verurteilen konnte, weil ihre

DNA identisch war, obwohl völlig klar war, dass sie diesen Coup zusammen durchgeführt hatten, lachte sich Reverend kaputt und hatte einen ganzen Tag lang gute Laune. Übrigens wundern wir uns beide darüber, dass dieser Stoff noch nicht verfilmt wurde. Daraus könnte man doch eine typische beschissene Oliver-Berben-Produktion machen! Oder sogar etwas Gutes.

»Weißt du, solche Hochstapler finde ich tausendmal besser, als diese linken Moralapostel, die Theaterstücke über Integration machen, oder ›Wohlfahrtsausschüsse‹ organisieren, die dann vom Feuilleton artig beklatscht werden.«

10.

Nach etwa zwei Jahren unserer Beziehung wurde alles etwas besser. Also in der Zeit, wo andere Paare, nachdem sie in nahezu verrückter Verliebtheit die Nächte durchgemacht hatten, von einem Höhenflug zum nächsten getanzt waren und alles andere keine Rolle spielte, ernüchtern und ihr Zusammenleben arrangieren. Oder sich trennen. Das meine ich gar nicht zynisch. Ich hätte mir diese Zeit der leichtfüßigen Verliebtheit auch gewünscht. Aber so war es eben nicht. Dafür wurden wir fürs Durchhalten belohnt.

Die aufeinander bezogenen Kurzgeschichten, damals für die Lesung im *Kaffee Burger* geschrieben, wuchsen langsam zu einem Buch zusammen. Es machte Spaß, sich künstlerisch auf jemanden zu beziehen und nicht alleine vor sich hinzudümpeln. Ich kann sowieso viel besser mit Vorgaben arbeiten. Wie oft saß ich vor dem Laptop mit dem festen Vorsatz, eine Kolumne zu schreiben. Dann sagte Reverend am Telefon: »Schreib doch was über Hunde«, und schon flutschte es.

Aber immer wieder sagte mein Freund seltsame Sachen, zum Beispiel: »Frauen haben's gut. Die müssen im Zweifel ja einfach nur sein.«

Es dauerte ein paar Sekunden, bis ich überhaupt schnallte, was gemeint war. Dann war ich schockiert, dann sauer, und dann gab es wieder einen vielstündigen Streit. So langsam bekam ich aber Routine im Streiten; man gewöhnt sich an alles. Und langsam kapierte ich auch, dass man Streiten wie ein elegantes Spiel betreiben kann.

Als wir also erbittert über diesen Satz stritten, war auch viel Sport dabei. Ich hatte gerade *Hunger* gelesen von Knut Hamsun, was mir sehr gut gefallen hatte. Diese gewagte These (gelinde ausgedrückt) hätte auch von Hamsun stammen können. Interessanterweise sind gerade Vertreter solcher ultrakonservativer Aussagen meistens mit unkonventionellen Frauen zusammen.

Ich habe seither oft über diese Ansicht nachgedacht. *Frauen haben's gut. Die müssen ja einfach nur sein.* Zum einen zeigt sie die schlichte Denke, die Reverend oft hat; zum anderen muss ich heimlich lachen, wenn ich mir vorstelle, man würde das auf einer Party, in einer Podiumsdiskussion oder bei der NDR-Talkshow zu Barbara Schöneberger sagen. Die Leute würden ausflippen! So was darf man heutzutage nicht nur nicht sagen, sondern auch gar nicht mehr denken!

Und dafür liebe ich Rev dann doch wieder.

Und ganz ehrlich, wenn man es anders ausdrückt, klingt es auch gar nicht mehr so unglaublich. Es ist wahr, dass Frauen sich nicht so sehr über Beruf und Karriere definieren wie Männer. Das darf man gerade noch sagen. Weiter: Wenn Frauen keinen Bock mehr auf ihren Job haben oder keinen Bock, ihre Ausbildung zu Ende zu machen, werden sie halt schwanger und sind für ein paar Jahre das Problem los. Das darf man schon nicht mehr sagen, ist aber trotzdem wahr. Weiter: Frauen sind nicht so ehrgeizig, sind oft sogar faul und verlassen sich auf Männer. Musikkolleginnen haben sich oft beklagt, warum es so wenige Musikerinnen gäbe. Neben allen Steinen, die ihnen von den bösen Jungs in den Weg gelegt werden, kommt aber nie zur Sprache, dass kaum ein Mädchen sich mit seinem Instrument, seinem Sound mal richtig beschäftigt und übt, sodass sie mit ihrer Band weiterkommen könnte. Nein, sie macht ein Mädchenduo, wo dann beide auf niedlichen Geräten rumdrücken und dazu ein bisschen singen. Bei Soundchecks wissen Musikerinnen oft nach Jahren nicht, wie sie ihren Sound einstellen sollen und jammern über die gemeinen Feedbacks, die entstehen.

Ich will mich gar nicht ausnehmen. Als ich vor ein paar Jahren in Ludwigsburg im *JuZ* aufgetreten bin, war mein Bruder da. Hinterher sagte er zu mir, freundlich und verständnislos: »Mensch, wenn ich so viele Jahre auf der Bühne stehen würde wie du, hätte ich aber schon mal richtig gelernt, Gitarre zu spielen.«

Daran habe ich lange denken müssen. Weil da eben genau dieser Unterschied drinsteckt.

Die unterschiedlichen Herangehensweisen an künstlerische Arbeit lagen bei Reverend und mir aber nicht nur an dem Mann-Frau-Unterschied, sondern auch an unseren sehr verschiedenen Naturellen.

Reverend sagte oft: »Dir reicht ja schon die Idee. Die Ausführung ist für dich gar nicht wichtig.«

Und das traf es genau. Das schönste Beispiel dafür liegt schon bald 25 Jahre zurück, aber es wäre zu schade, es nicht zu erwähnen: Ich hatte mich bei der *dffb* für das Studienfach Regie beworben – warum, kann ich heute nicht mehr sagen, denn ich bin alles andere als ein visueller Mensch. Für die Aufnahmeprüfung gab es mehrere Aufgaben. Eine davon war, anhand von Fotos eine kleine Geschichte zu erzählen. Wahrscheinlich war ein Thema vorgegeben, aber das weiß ich nicht mehr. Ich hatte vom Fotografieren keine Ahnung, lieh mir eine Kamera von irgendwem und dachte mir folgende Geschichte aus: Ein Huhn irrt durch die Straßen Berlins und landet irgendwann im obersten Stock des Telefunken-Hochhauses am Ernst-Reuter-Platz, wo damals eine Kantine der TU im höchsten

Gebäude Westberlins war. Dort trifft es, schon völlig erledigt und zerzaust, einen Hahn. Die beiden führen ein schönes Liebesleben da oben, bis sie eines Tages beide tot auf der Verkehrsinsel liegen. Ein Junge findet in der Kantine in irgendeiner Nische ein Ei, bricht es auf, und heraus kommt ein kleiner Delphin. Eine romantischkaputte Großstadtgeschichte also. Dachte ich.

Ich lieh mir für die Fotos beim Kinderbauernhof ein Huhn und versuchte, es vor möglichst tristen Häuserfassaden zu platzieren. Das allein war schon eine Tortur. Aber das Ergebnis war einfach frustrierend: Alle Fotos waren unscharf und kontrastarm, und das Huhn konnte man kaum erkennen. Es waren noch wenige Tage bis zur Deadline, und noch mal losgehen hatte ich keine Lust, mit dem Huhn schon gar nicht. Da hatte ich die super Idee, das unscharfe Huhn auf den Fotos einfach nachzumalen, mit Edding und Tipp-Ex (es waren Schwarz-Weiß-Fotos). Der Delphin war so ein Gummiding gewesen, die es in jedem Kiosk für 10 Pfennig gab, den malte ich blau an. (*Rumble Fish* lief gerade in den Kinos, und ich war schwer begeistert.) Das sah irgendwie avantgardistisch aus, und außerdem: Ich bewarb mich schließlich für den Studiengang Regie und nicht für Kamera. Da kam es ja wohl nicht so auf die Qualität der Fotos an.

Als ich dann die Absage von der *dffb* erhielt, war für Enttäuschung gar nicht so viel Zeit, denn ich war voll beschäftigt mit der Bewerbungsmappe für die *HdK*. Auch so eine Schnapsidee.

Diese kleine Anekdote bringt die Einstellung, die Reverend meinte, schon sehr auf den Punkt.

Der *Popchor Berlin* war ein aktuelleres Beispiel: Ich hatte die Idee gehabt, tolle Popsongs von einem Chor singen zu lassen. Dafür schrieb ich die Arrangements und gründete einen Chor – immerhin! Natürlich probten wir auch viel. Aber ich verfolgte die Idee immer weiter, die Arrangements wurden immer schwieriger, und dass das Ergebnis teilweise ganz schön grottig klang, dass das Niveau des Chors dafür gar nicht reichte, ignorierte ich.

Sowieso war der *Popchor* für Reverend der reinste Kindergarten, den er gerne persiflierte: »Almut, geht das so?« Und dann sang er eine Melodie möglichst falsch. »Almut, hör mal, ich kann das jetzt«, und dann sang er wieder: »La-laaa-la-la-laaa«, – völlig daneben – »war das so richtig?«

Ihm war unprofessionelles Arbeiten fremd, unverständlich und ein Gräuel.

Damit haben wir uns auch jahrelang aufgerieben. Denn ich kam aus der von ihm so verhassten Berliner Indie-Szene, wo es auf Können nicht besonders ankam. Eher auf Einstellung und Attitüde.

»Aber was denn für eine Attitüde? Mit möglichst unauffälligen Klamotten auf die Bühne zu schlurfen, sich möglichst nicht vom Publikum zu unterscheiden? Was ist das denn für eine Scheiß-Attitüde? So was verachte ich zutiefst. Sich gemein machen mit dem Publikum, niedlich sein, bloß nicht unangenehm auffallen, bloß nicht pranzig sein. Hey, ich will Massaker auf der Bühne sehen! Ich will schockiert werden! Ich will verzaubert werden! Und wenn ich selbst auf der Bühne stehe, will ich abdrehen! Ich will ausflippen! Das ist ein Spiel, das ist der Deal, und alles andere ist einfach nur langweilig. Feige und öde.«

Da war etwas dran. So langsam begann ich zu verstehen, dass vieles, was auf dieser Berliner Spielwiese produziert wurde, nicht aus einer Haltung heraus so daherrumpelte, sondern weil es die Protagonisten nicht besser hinkriegten.

»Weißt du, und dann haben sie noch nicht mal eine Vision, das ist das Schlimme!«

Als ich ihm die *Vermoosten Vløten* vorspielte, die ja nun alles andere als virtuos sind, sagte er: »Ist nicht meine Musik, aber die sind beseelt, die haben eine Vision. Dann kann das auch schlecht gespielt sein, wenn man eine Liebe dahinter spürt.«

Ein paar gemeinsame Nenner hatten wir zum Glück inzwischen schon gefunden, vor allem gemeinsame Hassobjekte:
- Journalisten
- Eltern
- speziell Mütter in Ottensen (HH) und Mitte (B)
- speziell Väter in Ottensen und Mitte
- Sport
- Sascha Lobo (zumindest um 2008 herum)

Unser Roman nahm, wie gesagt, langsam Konturen an. Wir hatten kein Konzept, keine Ahnung, auf was er hinauslaufen würde. Wir ließen uns von unseren Protagonisten treiben. Dass Reverends Protagonist ein saufendes, herumhurendes Ekel war, damit musste ich leben. Mein Weichei von Protagonist, bei dem sich alles nur im Kopf abspielte, weil zu feige fürs Leben, war für Reverend bestimmt auch nicht einfach. Die Geschichte ergab sich durchs Schreiben. Da wir uns so lange nicht mit der Komposition und der Dramaturgie aufgehalten hatten, war es zum Schluss dann doch eine Sauarbeit, die Sache flüssig und schlüssig zu einem Ende zu führen.

Als unser Buch dann rauskam, waren wir glücklich. Ich musste sogar heimlich kurz heulen, als ich das erste Exemplar von *Aus dem Leben des Manuel Zorn* in den Händen hielt. Also ganz ähnlich wie die Geburt eines gemeinsamen Kindes. Nur dass man es nicht mit verschissenen Windeln, schlaflosen Nächten, Zwangsspaziergängen mit dem Kinderwagen und U4-Untersuchungen zu tun hatte, sondern mit dem Produkt auf Tour gehen konnte.

Die meisten Autoren hassen die Lesungen, die sie für Promotionzwecke machen müssen. Wir fanden es von jeher super, zusammen im Auto zu sitzen und die Kilometer auf der Autobahn abzureißen. Außerdem lasen wir nicht, wie die meisten Autoren, in Buchhandlungen oder Büchereien, sondern in Clubs, und wir machten auch Musik dazu.

Nun ja. Bei den ersten Lesungen kam fast niemand. Man sitzt im Backstage, falls vorhanden. Oder im Büro des Veranstalters oder im Vorratslager, horcht auf die Geräusche und lugt aus dem Fenster. Hier geht nichts. Kein Stimmengewirr, keine Fahrräder, kein gar nichts.

Irgendwann schleicht der Veranstalter herein und sagt, ohne einen anschauen zu können: »Ääh ... viel los ist nicht. Ich weiß auch nicht wieso, wir haben so viele Flyer verteilt. Aber vielleicht solltet ihr mal anfangen, sonst gehen die Leute wieder.«

Man geht dann die Treppe runter und sagt nur: »Fünfzehn.«
»Nee, sieben.«

Und dann betritt man die Bühne, auf der man vor ein paar Stunden so einen aufwendigen Soundcheck gemacht hat, und setzt sich hin, und vor einem sitzen eben sieben oder fünfzehn Leute. Irgendwie wird's dann doch ganz okay, je weniger Publikum, desto intimer.

Hinterher ein paar nette Gespräche, und dann kommt der Veranstalter und will die Abrechnung machen. Im Büro dann wahnsinnig langes Lamentieren seinerseits über die schlechte Lage, keiner gehe mehr zu Live-Veranstaltungen ... Lesungen noch schlechter, sie hätten versucht, eine Reihe jeden Dienstag zu etablieren, aber die Leute kämen nicht ... nur noch die Ü-30-Partys würden laufen und die Discos ... alles nicht mehr so wie früher ...

Man selbst stimmt zu und macht ein mitleidiges Gesicht. Dabei hat man doch selbst gerade vor viel zu wenigen Leuten gelesen und würde eigentlich gerne wenigstens noch ein paar Worte wechseln mit den paar Leuten, denen es ja dann doch gefallen hat. Aber wenn man den frustrierten Veranstalter mit der auch nicht so dollen Gage dann endlich verlässt, sind alle weg, und man baut sein Equipment wieder ab. Wenn man Glück hat, ist das Barpersonal nett, und man kann zum Schluss noch ein bisschen mit ihnen trinken und sich was erzählen. Dann schleppt man die Instrumente in den Kofferraum und fährt zur *Pension Alfredo,* deren Tristesse nur mit Humor und Alkohol zu ertragen ist.

Diese Abende haben uns zusammengeschweißt. Wahrscheinlich so, wie Hungerwinter und Naturkatastrophen zerrüttete Ehen kitten und Leute, die jahrzehntelang nebeneinander existierten, ohne miteinander zu sprechen, dazu bringen, sich weinend Geständnisse zu machen.

Die nächste Tour-Rutsche lief dann auch viel besser.

Reverend war ein absoluter Perfektionist, in allem. Unsere Soundchecks dauerten dadurch genauso lange wie bei einer Band. Die zuständigen Mischer waren oft anfangs etwas genervt, aber mit viel Anerkennung für ihren Beruf und fachinterne Gespräche konnte man sie meistens rumkriegen. Manchmal machte ich mich über die Akkuratesse, mit der Reverend sein Equipment ein- und auspackte, lustig.

Als er damit anfing, dass ich dringend ein Ersatz-Casio bräuchte und auch Ersatzkabel, sagte ich spitz: »Eigentlich müsste man das ganze Equipment doppelt haben, oder?«

Daraus wurde einer der härtesten Streits, die wir jemals hatten. Mittendrin fiel der wutentbrannte Satz: »Echt, sich immer auf andere verlassen, und sich dann noch über die lustig machen! Du hast dich doch bei den *Lassie Singers* immer auf andere verlassen! Stimmt's?«

Ich war so in Fahrt, dass ich auf dieses Argument nicht einging. Aber später und immer wieder kam es mir in den Sinn. Weil es stimmte; weil es etwas traf, was ungut an mir war.

Mit den Mischern kamen wir also sehr gut klar. Bei vielen Veranstaltern wiederum war es häufig so, dass die Reverend nicht in die Augen schauen konnten und, wenn wir zu dritt dastanden und etwas besprachen, quasi nur mit mir redeten. Ich kannte das inzwischen. Reverend hatte mir das schon sehr früh beschrieben, als es um sein Außenseitertum und sein Schicksal als schwarzes Schaf ging, und ich hatte es anfangs nicht glauben wollen. Aber es ist wirklich so. Je akademischer ein Mensch, desto mehr scheint er Angst vor Reverend zu haben; mit prolligen Leuten und allgemein mit Nicht-Kulturschaffenden oder Künstlern, die in Nischen jenseits vom Feuilleton nisteten, gab es dieses Phänomen meistens nicht.

Wie oft habe ich in solchen Situationen die Augen niedergeschlagen, zu Reverend geguckt, alles getan, damit die Gesprächspartner ihn nicht so mieden. Das lief ja nicht bewusst ab; die mieden ihn nicht absichtlich. Aber er scheint etwas auszustrahlen, was Leute irgendwie erschreckt. Nur, was sollte das sein? Er hat zwar ein prägnantes Gesicht mit seinen strengen buschigen Augenbrauen und dem in Ruhestellung ernsten, etwas bitteren Gesichtsausdruck. Aber ich rede ja von Situationen, in denen man sich total freundlich unterhält.

Reverend selbst glaubt, dass diese Leute intuitiv den Unbürgerlichen wittern. Nun glauben ja Veranstalter, Promoter und Konzertagenten von sich selbst auch, unbürgerlich zu sein. Und was heißt eigentlich »bürgerlich« in heutigen Zeiten? Dieses Wort ist inzwischen so verwässert. Es kann ebenso den konformistisch aufstrebenden Mitläufer wie den jovialen Arbeitgeber bezeichnen. Und angesichts der gesellschaftlichen Verprollung ist für mich der »Bildungsbürger« gar nicht mehr das Schreckenswort, wie es das früher gewesen ist.

Ich habe Reverend nach seiner Definition gefragt, und er hat mir aus dem Stegreif geantwortet: »Bürgerlichkeit ist die

Machtergreifung der Durchschnittlichen gegen die Außergewöhnlichen; das Akademikertum, das sich jeden Bereich des Unbürgerlichen einverleibt. Bürgerlichkeit in seiner schlimmsten Form ist, wenn ich zu einer Podiumsdiskussion auf einer Musikmesse eingeladen werde und dort ein Soziologe sitzt, der den Fachbereich *Popmusik* betreut, und ich mit ihm reden muss. Bürgerlichkeit ist, um dieser Durchschnittlichkeit Genüge zu tun, das Pianoforte zu erfinden, weil es leicht zu spielen ist, und die Spinette und die Cembalos auf die Straße zu schmeißen und zu verbrennen, wie es in der Französischen Revolution geschah. Bürgerlichkeit ist, wenn jeder alles darf, obwohl er weder die Fähigkeit noch das Recht dazu besitzt. Bürgerliche haben die Eifersucht des Uninspirierten auf den Geist des Inspirierten und die Anmaßung, diesen aburteilen zu dürfen, weil ihnen irgendein akademischer Titel oder irgendein Scherge das Recht dazu gegeben hat, sich über den freien Geist der Adeligkeit hinwegzusetzen, um die eigene Unfähigkeit zu kompensieren, selbst etwas hervorzubringen.«

Eine steile Theorie, mit der ich aber durchaus etwas anfangen kann. Und wieder diese Kombination: plakative Aussage (hat auch immer was von Stammtisch) und Dialektik.

Um auf die Situation in den Clubs zurückzukommen: Reverend ist der Überzeugung, dass jeder Veranstalter, jeder Journalist den Künstler um dessen Kreativität und die Freiheit, die der Künstler darin besitzt, beneidet. Deshalb, so seine Theorie, würden sie sich auch so gerne anzecken (bei Künstlern, »auf die man sich geeinigt hat«) oder sie wie die Pest meiden (wenn sie unberechenbar sind).

»Da ist mit Sicherheit was dran. Aber du übertreibst«, sage ich matt.

»Na und? Ich bin eine einzige Übertreibung! Ist dir das noch nicht aufgefallen?«

Seine Argumentationen haben auch immer eine starke Tendenz ins Paranoide. Aber wie lautet einer meiner Lieblingssprüche, den ich sogar mal zu einem Songtitel gemacht habe: *Nur weil du nicht paranoid bist, heißt das noch lange nicht, dass sie nicht hinter dir her sind.* Lustigerweise funktioniert dieses Bonmot auch andersrum: *Nur weil du paranoid bist, heißt das noch lange nicht, dass sie nicht hinter dir her sind.*

Jedenfalls ist es nicht einfach, mit jemandem zu leben, der hinter allem eine Intrige, eine Doppelstrategie oder eine unbewusste Fernsteuerung wittert. Letztendlich sind für meinen hanseatischen Freund alle Konstellationen ab drei Personen Krieg. Hahnenkampf, Machtgebaren, geschicktes Aushebeln, zwei tun sich zusammen, einer bleibt allein.

Ich sage zu ihm: »Das macht ihr in Hamburg doch ständig, freiwillig. Dieses Abgestyle, wenn du ausgehst und bestimmte Typen triffst, wer ist geiler, wer punktet besser, wer behält das letzte Wort.«

Reverend: »Ja, aber da ist das ja ein ganz offener Hahnenkampf, ein Spiel. Viel schlimmer sind doch die lieben Menschen, die sich zum Grillen einladen, alles ganz sutje (sprich: sutsche, norddeutsch für: locker), und dann sagt Patrick, weil er in seinem Beruf nicht weiterkommt, ganz nebenbei zu seinem Konkurrenten Georg: ›Sag mal, deine Frau sieht aber ganz schön abgeärschelt aus. Geht's ihr nicht gut, ist sie mit den Kindern überlastet?‹ Oder aber Patrick schleimt sich bei Maja ein, weil die erfolgreiche Architektin ist und ihn vielleicht vermitteln könnte. Patricks Frau Sybille heult sich derweil bei Kristin aus, wie scheiße es läuft mit Patrick, seit er arbeitslos ist. Kristin traut sich nicht, dieses Gejammer zu unterbrechen, sie ist noch nicht so lange in Deutschland und muss Kontakte knüpfen; zum Glück lässt Sybille irgendwann von ihr ab und flirtet mit Eike, der gerade Strohwitwer ist. Und so weiter. Hinterher gehen alle nach Hause und streiten sich.«

»Klar, so ist das, so wird das auch immer sein, wenn Menschen aufeinandertreffen. Darüber wird es auch immer Komödien mit Katja Riemann und Matthias Schweighöfer geben, die wir zum Kotzen finden. Und von Woody Allen, die sind dann wenigsten wirklich lustig, weil sie so abgedreht sind. Aber an diesen zwischenmenschlichen Mechanismen kann man doch nichts ändern!«

»Nein, da hast du recht«, sagt mein unermüdlicher Freund, »aber es wird ja im Moment alles dafür getan, das Sozialgefüge zu fördern, anstatt Menschen ihr Leben leben zu lassen. Integration, Ganztagsschulen, Bürgertreffs – es geht doch nur noch darum, Menschen zu entindividualisieren und zu einer kalkulierbaren Masse zu machen. Und das Schlimme ist – die machen alle freiwillig mit! Die finden das noch gut und meinen, das wäre Freiheit!«

Wieder diese stammtischhafte Argumentation.

Wobei, das muss ich jetzt auch loswerden, diese einfache Denkweise auch manchmal sehr lustige Blüten treibt. Ich erinnere mich an eine Autofahrt von Rüsselsheim nach Mainz, lauter verschlungene Autobahnen und Ausfallstraßen, und an einer dieser Straßen ging eine Frau entlang. Da sagte Reverend ganz unbedarft: »Oh, hier ist ein Straßenstrich!«

Ein anderes Mal sehen wir ein Segelboot mit zwei Frauen an Bord. Rev: »Guck mal, zwei Lesben.«

Nun ja. Wenigstens konnte er mitlachen.

Jedenfalls, das Tourleben machte uns Spaß. Man ist des Alltagslebens enthoben, man reißt die Kilometer ab und ist in eigener Mission unterwegs. Nach den Auftritten saßen wir, nachdem wir noch mit den Barleuten herumgegangen hatten, auch in den Hotels oder Pensionen noch ewig, tranken Wein aus Zahnputzgläsern und rauchten aus den Fenstern heraus, ständig in der Angst, die Rauchmelder würden anschlagen. Wir hatten immer mehrere Fünf-Liter-Kanister

Wein im Gepäck, die wir liebevoll Bomben nannten. Wenn wir bei den Veranstaltern untergebracht waren und es wurde noch nett bei denen zu Hause – was meistens der Fall war –, packten wir eine Bombe aus, und die Leute staunten sehr. Am nächsten Tag war die Bombe dann meistens leer.

Zum ersten Mal waren wir ein Team und nicht nur ein sich ständig streitendes und sich versöhnendes Paar. Vorbei die Zeiten, in denen ich nervös wurde, wenn ich mich zu lange mit Bekannten unterhalten hatte. Vorbei die Zeiten, in denen sich Reverend über »diese langweiligen Berlin-Indie-Spießer« ausließ. Wir traten als Duo auf und wurden auch so gesehen.

Allerdings stand in den meisten Ankündigungen und Flyern, dass »die ehemalige *Lassie-Sängerin* Almut Klotz ihr neues Buch präsentiert, begleitet von Reverend Ch. D« Also wieder diese unheimliche Ausgrenzung. Die immergleiche Formulierung brachte uns schnell zu ihrer Quelle: Es stand so im Pressetext unseres Verlags.

Da tickte Reverend noch mal richtig aus. Zu Recht. Wie bitter ist es, vom eigenen Verlag so gedisst zu werden. Im Nachhinein muss ich sagen, dass man viel härter hätte reagieren müssen. Wir haben nur beim Verlag angerufen und gefordert, den Text sofort zu ändern. Eigentlich hätte man denen einen Kübel Scheiße in die Verlagsräume kippen sollen; in den Verlagsraum, um genauer zu sein. Denn es handelte sich um einen kleinen Verlag, der in linken Kreisen großes Ansehen genoss, weil er so PC war.

II.

»Reden kann der Mann«, dachte und sagte ich immer wieder, wenn Reverend ausholte und mit vielen und gut aufeinander aufgebauten Argumenten versuchte, mich von etwas zu überzeugen. Manchmal führte das dazu, dass ich mich überzeugen ließ, und beim nächsten Mal beim gleichen Thema ging die Diskussion wieder von vorne los. Das passierte zum Beispiel oft beim Musik hören: Reverend hatte eine Plattensammlung, aus der er mir gerne vorspielte. Ich fand das toll, denn obwohl ich Musik machte, hörte ich zu Hause nur Radio und hatte überhaupt keine Platten oder CDs. Außerdem wollten wir zusammen ein Musikalbum herausbringen, um weiter auf Tour gehen zu können. Da ist es ganz gut, wenn man durch gemeinsames Platten hören einen Sound, einen Stil findet, auf den man sich einigen kann. Das war alles andere als einfach. Wir kamen von völlig verschiedenen Baustellen.

In meinem Elternhaus gab es nur klassische Musik, kein Radio, keine populäre Musik. In meiner Jugend habe ich die Platten meiner Freunde und Brüder mitgehört, was von Frank Zappa über *Genesis* bis *Police* reichte. Später, in meiner ersten Berlin-Zeit, hörte ich Nick Cave, *Joy Division, Suicide, Tuxedomoon*, den ganzen morbiden Kram eben, der die Stimmung des damaligen Westberlin so schön unterstrich. Aber auch da wollte ich nicht mehr wissen über die Bands, die ich mochte; sondern hörte nur die Kassetten, die mir irgendwer aufgenommen hatte, rauf und runter.

Reverend hatte eine ganz andere Sozialisation. In seinem Elternhaus wurde schon viel Musik gehört – Otis Redding, xxx, xxx. Seine Plattensammlung bestand hauptsächlich aus frühem Soul und Rock'n'Roll, dann Glamrock der 70er, und dann war Schluss. Danach war eh alles Schrott, behauptete er. Oder Kopien. Ich war einigermaßen irritiert.

»Na ja, ich bin halt ein richtiger Rocker«, meinte er halb stolz, halb entschuldigend.

Rocker? Das waren für mich die Motorradtypen gewesen, die auf dem Kirchplatz in Lederkluft und mit Bierflaschen in der Hand herumgelungert und einem blöde Sprüche hinterhergerufen hatten. Reverend meinte damit etwas ganz anderes.

»Der Rocker ist zutiefst einsam, zutiefst verletzt und letztendlich immer der Loser, weil er überhaupt nicht bereit ist, den Preis der Verlogenheit zu zahlen, um gewinnen zu können. Rocker ist immer der, der mit Autoritäten nicht klarkommt. Ich meine Typen wie Alex Harvey, Jerry Lee Lewis, Gene Vincent, Eddie Cochran. Marlon Brando ist für mich der Super-Rocker, jenseits aller Konventionen, der auf alles geschissen hat, immer. Kennst du die Szene in *Don Juan DeMarco*, wie er, schon total verfettet, einen Tanz mit Faye Dunaway hinlegt und dabei so sexy ist wie kein anderer? Horst Buchholz ist auch ein Rocker, Udo Kier, Herman Brood – manisch-depressive, waidwunde, loste Einzelgänger. Ich hab' mal Bommi Baumann kennengelernt und ihm gesagt, er wäre für mich früher mein Idol gewesen, so als Haschrebell. Weißt du, was der mir geantwortet hat? ›Ach, vergiss es. Ich habe mich immer in frühere Zeiten gewünscht. Ich wäre viel lieber 1954 dabeigewesen, als sie beim Bill-Haley-Konzert den Sportpalast zertrümmerten, als in den Scheiß-60er-Jahren mit diesen SDS-Typen.‹ Rocker sind in ihrer

Lebensweise radikal, aber sie engagieren sich nicht politisch. Solche Typen sind doch meistens in Wahrheit total spießig und wichsen sich einen ab auf ihre Solidarität.«

Ich habe später mal das Buch von Bommi Baumann *Wie alles anfing* gelesen und fand es eine sehr andere, befreiende Sicht auf diese ganze Studentenbewegung. Da ging es, zumindest am Anfang, auch einfach um Spaß, Krawall und Frauen (Männer) abschleppen.

Wir saßen immer noch im Wohnzimmer und hörten Reverends Platten. Seine Definition von Rocker hatte mich seiner Weltsicht wieder ein bisschen näher gebracht. Trotzdem: Wenn er mir Otis Redding, xxx oder Elvis vorspielte, wusste ich erst mal nicht, wo ich hinschauen sollte. Oh Gott, wie sag' ich es ihm, dass ich diese Musik kitschig finde, die Arrangements übertrieben, den Gesang schwülstig?

Wenn er dann von der Zärtlichkeit anfing, die diese Musik habe, von dem Mut zur Größe, »und dann stell dir mal vor, dass die das alles synchron einspielen mussten, nicht wie heute Spur für Spur, und dann die Fehler ausbessern! Da steckt so viel Liebe und Mühe drin, und hörst du nicht, wie hot das ist?« – dann wirkte seine Begeisterung ansteckend. Nur beim nächsten Mal war alles wieder auf null, und ich wusste wieder nicht, wo hinschauen.

Zum Glück gab es ein paar Bands, auf die wir uns einigen konnten – *Roxy Music, The Cure,* David Bowie, die frühen *Stones, Blondie,* Alan Vega. Und zum Glück konnten wir, nach dem anfänglichen Unverständnis füreinander, mit der Zeit sachlicher und – in meinem Fall – konkreter darüber reden, was uns an Stücken gefiel und was nicht.

Wenn wir in den schönen nächtlichen Stunden bei ihm am großen Fenster saßen, das immer geöffnet war, und in den Himmel schauten, hörten wir oft *Nightlounge* auf *NDR Info.* Das ist eine Sendung von zwei bis sechs, in der nur Musik läuft, ohne Moderator, und in der oft sehr schöne Stücke gespielt werden, auch mal ein uralter Reggae oder ein Blues aus Mali. Jede Stunde wird von einem anderen Musikredakteur gestaltet.

Reverends Kommentare waren so lustig wie treffend: »Oh Scheiße, jetzt sind wir in einer Stunde gelandet, wo ein besonders schlauer Redakteur nur B-Seiten spielt und sich geil dabei fühlt. Ich tippe auf xxx«. Bingo! Oder: »Okay, heute ist Samstagnacht, da spielen sie leider nur so House light für die angetüdelten Pärchen, die nach Hause kommen und sich noch ein Häppchen gönnen, Radio hören, vielleicht sogar noch ein bisschen dazu tanzen und sich angrabbeln, oh, sind wir cool, wo doch die Kinder eine Tür weiter schlafen.«

Einmal fiel ich schier vom Stuhl vor Lachen. Da kam ein Stück von Frank Zappa, und Reverend stöhnte: »Ich kann den nicht ab. Dieser Bürgerschreck. Dabei ist er selbst zutiefst bürgerlich. Man muss ja bürgerlich sein, um überhaupt ein Gegenmodell dazu darstellen zu wollen.«

Ich musste an die verklemmten Typen in meinem alten Schwarzwald denken, die immer ganz laut Zappa in ihren Opel Kadetts gehört und in der Disco mit Händen und Füßen getanzt haben, wobei ihre Bewegungen merkwürdig verkrampft aussahen; die unbedingt die Kontrolle über sich verlieren wollten und es einfach nicht schafften.

Ich hatte noch nie einen so redseligen Freund gehabt. Und auch wenn es teilweise Patterns waren, die bei passenden Gelegenheiten immer wieder herausgeholt wurden, fing ich an, einiges zu begreifen.

Erstens: Ich rede, also bin ich. Dieser Zusammenhang war mir bisher eher fremd gewesen. Denn ich gehöre zu der Sorte Mensch, die alles mit sich alleine ausmachen; die auf Männer steht, die in einer geselligen Runde dabeisitzen und interessant schweigen, sich höchstens mal mit einem kurzen Kommentar einklinken und dann aufstehen und irgendwas reparieren.

Zweitens: Dieses goldene Schweigen ist vielleicht gar nicht so sympathisch, wie ich immer dachte, sondern hat auch viel mit Faulheit zu tun. Zu faul, seine Ideen zu formulieren; zu träge für einen Gedankenaustausch; zu leidenschaftslos, den anderen von etwas zu überzeugen.

Drittens: Da ich also so eine faule Sau bin, tut mir ein Mensch, der derartig viel Ansprache und Auseinandersetzung fordert, vielleicht ganz gut. Ich war nämlich, so merkte ich jetzt, mit der Zeit sogar vor mir selbst zu faul gewesen, Gedanken festzuhalten und auszubauen.

Ich konnte mich immer mehr in das Leben an der Seite eines hysterischen, exzentrischen Mannes einfinden; ich machte meinen Frieden damit. War ich vorher genervt gewesen von dem ewigen Bedürfnis nach Austausch, sah ich jetzt die Chance, aus meiner Lethargie herauszukommen. Früher hatten viele Leute zu mir gesagt: »Du kannst so gut zuhören.« Was meistens nichts anderes bedeutete als: Dich kann man so gut zulabern.

Reverend konnte auch stundenlang labern. Aber irgendwann platzte ihm dann der Kragen und er brüllte: »Jetzt stell dich doch mal auf!« Oder: »Mann, ich will deine Meinung wissen! Es kann doch nicht sein, dass da gar nichts kommt!«

Schwergängige Apparate brauchen einen harten Anstoß. Außerdem: Wer hat schon einen hysterischen Mann? So kann man es ja auch mal sehen.

»Sei doch mal ein bisschen perverser«, sagte Reverend oft, »sei doch mal stolz auf deinen exzentrischen Freund, statt dich immer nur zu schämen.«

Kalt erwischt. Da lebt man seit zwanzig Jahren in Berlin und denkt, man wäre so die Creme de la Boheme, und dann kriegt man durch die Perspektive eines anderen plötzlich mit, wie saturiert man eigentlich geworden ist und wie piefig diese Indie-Avantgarde sein kann.

In diesen Tagen rief mich Lisette an, eine aus dem *Popchor*-Sopran, und sagte: »Mensch, muss das toll sein, mit diesem Mann eine Fernbeziehung zu haben!«

Hää? Ich kapierte den Zusammenhang zuerst gar nicht. Weil man ihn nicht so oft sehen musste? Weil Hamburg so eine interessante Stadt war?

»Nein«, klärte mich Lisette auf: Sie stelle es sich so super vor, stundenlang mit dieser schönen Stimme zu telefonieren.

12.

Ich kann wirklich nicht behaupten, Kinder besonders zu mögen. Babys mit ihren hässlichen Riesenköpfen lassen mich kalt; Kleinkinder, die ihre Mütter von ihrem Buggy aus tyrannisieren, machen mich aggressiv. Neunmalkluge Rotzlöffel nerven mich. Trotzdem hat der Anblick von Kindern für mich etwas Beruhigendes: Die Spezies Mensch wird fortgeführt.

Wenn ich mit Reverend in der U-Bahn saß (was so gut wie nie vorkam, denn er hasst öffentliche Verkehrsmittel), konnte ich seine Feindseligkeit und sein Misstrauen richtig spüren. Andere Menschen sind zuallererst Feinde. Und ich glaube, wenn er in einen Kinderwagen schaute, dachte er: »Ein Arschloch mehr«, oder: »Ein armer Teufel mehr.«

Wahrscheinlich lag es an diesem Misstrauen der eigenen Spezies gegenüber, dass er Tiere im Allgemeinen und Hunde im Besonderen so liebte. »Ich finde es erleichternd, eine andere Lebensform bei sich zu haben. Die immergleichen Reaktionen rühren mich, sie haben etwas Verlässliches. Ich bin kein Freund von Veränderungen, ich brauche das nicht.«

Er war nun nicht der Erste, der sagte, der Hund sei der beste Freund des Menschen. Aber bei ihm war das kein sentimentaler Spruch. Sein Verhältnis zu Lucie ging weit über das übliche

Herrchen-Haustier-Ding hinaus und konnte gut und gern Beziehung genannt werden. Reverend liebte sie über alles und versuchte, das manchmal mit besonders strenger Stimme zu kaschieren. Sie rührte ihn unendlich.

Nun muss ich dazu sagen, dass Lucie wirklich eine Persönlichkeit war. Nie habe ich so viel Eigenart bei einem Hund gesehen, ich hätte es auch nicht für möglich gehalten. Dazu war sie unglaublich hübsch. Ihr Anblick brachte gestandene Männer in Anzügen dazu, sich niederzuknien und alberne Geräusche zu machen. Sie hatte echte Diva-Attitüden und hielt es für selbstverständlich, immer und überall im Mittelpunkt zu stehen. Kein Wunder, so war es ja auch.

Es konnte passieren, dass sie in einen Raum kam, in dem schon zwei große Hunde waren, und die beiden anknurrte, dass sie sich verpissen sollten, das sei ihr Revier. »Hoppla, jetzt komme ich!« Das war ein Anblick zum Totlachen, wenn dieser winzige Hund riesige Artgenossen anfletschte, wobei ihr sonst so niedliches Gesicht sich in das eines Monsters verwandelte.

Die beiden waren ein Team, wenn sie irgendwo auftauchten. Ihre Verbundenheit war spürbar, auch wenn Lucie gar nicht *bei Fuß* war. Die Kombination düsterer, trauriger Mann und kleiner, quicklebendiger Hund scheint die Menschen schwach zu machen. Vor allem Frauen.

»Ja, Lucie hat mir einige nette Bekanntschaften beschert«, sagte Reverend einmal mit einem kleinen, fiesen Lächeln.

Es gibt einen Roman von Georges Simenon, den Reverend nur des Titels wegen geschenkt bekommen hatte: *Der Mann mit dem kleinen Hund.* Als ich es las, konnte ich es nicht glauben. Der Protagonist, seine Lebensverhältnisse, seine Misanthropie, sogar seine Wohnsituation, und das innige Verhältnis zu seinem Hund – es war alles ganz genau so wie bei Reverend. Alle Beschreibungen trafen auf ihn zu, als hätte er als Vorlage gedient. Nur war der Roman 1964 geschrieben worden, ein Jahr vor Reverends Geburt. Das Buch ist übrigens auch darüber hinaus sehr zu empfehlen. Simenon traut sich, die Tristesse des Lebens darzustellen, ohne eine tröstliche Wendung einzubauen.

Mein Verhältnis zu meines Freundes Hund war naturgemäß zwiespältig. Zum einen mag ich Tiere am liebsten, wenn ich sie aus der Ferne bestaunen kann; zum anderen spielte uns Lucie durchaus gegeneinander aus, und manchmal hatte ich das Gefühl, eine Rivalin neben mir zu haben oder die neue böse Stiefmutter zu sein. Später hat sie aber den subjektiven Lustgewinn erkannt, wenn ich zu Besuch kam. Denn dann gab es oft längere Ausflüge an den Elbstrand oder an die Nordsee.

Was Reverend so beruhigend fand, empfand ich als belastend. Oft kitzelte er Lucie an einer Stelle am Bauch und fand es total witzig, wenn sie dann immer mit einem Bein zuckte. Ich fand das überhaupt nicht witzig. Mich bedrückte dieser Reflex, so wie mich die berechenbaren Reaktionen des Hundes bedrückten. Nicht immer. Wenn der kleine Hund wahnsinnig vor Spiel- und Jagdtrieb wurde, sobald man einen Stock in die Hand nahm, fand ich das echt toll. Überhaupt bekamen Spaziergänge eine neue Dimension, wenn Lucie dabei war, und ihre Begeisterung konnte ansteckend sein und gute Laune machen. Aber dieses Angewiesensein auf ihr Herrchen, auf Fressen und Körperkontakt konnte auch einen Widerwillen in mir wecken.

»Ich bin halt mehr eine Katze«, sagte ich einmal scherzhaft zu Reverend.

Aber während die Worte noch im Raum schwebten, schämte ich mich schon dafür. Denn Frauen, die auf kapriziös machen und Lieder singen wie: *Fang mich, du kriegst mich nicht, ich bin geschickt, und meine Samtpfötchen können ihre Krallen ausfahren, wenn du nicht aufpasst,* sind für mich der reinste Horror.

Aber tatsächlich mögen die meisten Frauen lieber Katzen und Männer lieber Hunde. Weil Frauen nämlich wie Katzen *sind*. Weil Männer nämlich wie Hunde *sind*. Männer sind treu. Vielleicht nicht in dem Sinne, in dem das Wort am häufigsten benutzt wird. Eher so, dass sie ihre Frau zwar betrügen, aber sie niemals verlassen würden, sondern nach dem Seitensprung nach Hause gehen, froh zu wissen, wo sie hingehören. Sie sind treu, was ihre Frisur, ihre Kleidung, ihre Restaurantwahl angeht – warum was anderes ausprobieren, wenn doch alles gut funktioniert? Sie wollen genau wissen, mit wem sie wohin gehen und warum. Das finden sie beruhigend. Diese stumpfe Wiederholung – genau wie bei Hunden, wenn sie dem Stock immer und immer wieder hinterherlaufen, ihn dem Herrchen vor die Füße legen und erwartungsvoll hochkucken. Und so wie Hunde auf ihr Herrchen angewiesen sind, auf ein Regelsystem, auf eine Hierarchie, und ständig ihr Revier abpinkeln, brauchen Männer definierte Positionen. Bin ich dein Vorgesetzter oder dein Untergebener? Gehört dieser Baum zu meinem Grundstück oder zu dem meines Nachbarn?

Ganz anders die Katze: Sie ist autark, raffiniert und hinterhältig. Revier ist da, wo ich bin. Ich bin deine Freundin – oder vielleicht auch nicht, lass mich erst mal um dich herumstreichen, und nerv mich nicht, sonst wird gefaucht und gebissen. Wenn sie was nicht einsieht, zieht sie beleidigt ab. Unberechenbar zu sein, das geht ihr über alles.

Das ist übrigens auch etwas, was zu meinem Erstaunen in der ganzen Geschlechterdebatte nie zur Sprache kommt: Männer sind auf Frauen viel mehr angewiesen als umgekehrt. Nicht wirtschaftlich, da ist es natürlich genau andersrum, und darauf wird auch immer rumgestresst. Aber emotional sind Männer auf verlässliche Beziehungen angewiesen, während Frauen sehr flexibel sind. Ohne Wertung.

Reverend liebte meine langen Haare, während ich immer mal wieder damit liebäugelte, sie schneiden zu lassen und dadurch frischer und jünger auszusehen – auch so ein Klassiker zwischen Männern und Frauen.
»*Also wenn du eines Tages nach Hause kommst mit* einem neuen Haarschnitt, dann ist für mich alles klar«, sagte er mal.
Hä?
»Dann willst du dich trennen. So was ist der Anfang vom Ende.«
Ich musste lachen über diese einfache Denkweise mal wieder. Aber nach einigem Diskutieren sah ich ein, dass da was dran war. Der Wunsch nach Veränderung bedeutet ja schon, dass man mit seinem Leben nicht zufrieden ist. Und wenn man dann eine Veränderung herbeiführt, ohne sie mit seinem Partner abzusprechen, ist das durchaus als Affront zu verstehen. Ja ja, ihr lieben Psychologen, das könnte auch eine Chance sein! Die Beziehung mal wieder *neu definieren! Eingefahrene Muster aufbrechen!*
Ich glaube, Toleranz heißt das Zauberwort. Das ist so leicht dahergesagt und steht in jeder Kontaktanzeige. Aber wirkliche Toleranz? Gegenüber einer anderen Denkweise? In diesem Falle: nicht nur Toleranz demjenigen gegenüber, der Veränderung will, sondern auch Toleranz demjenigen gegenüber, dem Veränderungen Angst machen.
Ich habe mir die Haare nicht abschneiden lassen. Aus der Lebenserfahrung heraus, dass das Durchdrücken des eigenen Bedürfnisses nicht immer das Mittel zur Wahl ist; oder anders ausgedrückt: weil ich nicht alle vier Jahre wieder von vorne anfangen will. Mit einem neuen Mann.
»Was? Du lässt die Haare so lang, nur weil es deinem Freund gefällt?«
»Ja. Er sieht mich schließlich viel öfter an als ich mich selbst.«

Als dann später aufgrund einer Chemotherapie alle meine Haare ausfielen, streichelte er oft über meine Glatze und sagte: »Ich lieb' dich auch so.«

13.

Ein Hassthema, auf das wir uns früh einigen konnten, war: Eltern. Beziehungsweise: Wie Eltern heutzutage mit ihren Kindern umgehen. Es ist wirklich unglaublich, welches Selbstbewusstsein Mütter vor sich herschieben, wenn sie ihre Blagen ausfahren – gerne zu zweit nebeneinander, sodass man zur Seite springen muss, um nicht umgefahren zu werden. Oder Väter, die ihren Nachwuchs in einem Tuch auf dem Bauch tragen, mit idiotischem Gesichtsausdruck, der keinen Zweifel daran lässt, dass »dies das Beste ist, was ich jemals gemacht habe« (hab' ich genau so oft gehört). Eine neue Lockerheit, die nichts anderes ist als die Unfähigkeit der Eltern, ihre Kinder zu erziehen, führt dazu, dass Kinder im öffentlichen Leben, im Restaurant, im Zug, im Museum, herumtoben können, wie sie wollen. Wenn man sich dann belästigt fühlt, womöglich sogar etwas sagt, dann ist sie wieder da, die Kinderfeindlichkeit in Deutschland.

Wir überlegten uns zum Spaß alle möglichen Modelle: dass Familien in eigenen Stadtteilen leben sollten; dass Kinder nicht von ihren leiblichen Eltern aufgezogen werden sollten; dass xxx Es gab sogar die Idee, eine Anthologie herauszubringen, Arbeitstitel: *Das Elternhasserbuch*. Aber es blieb bei einer Stoffsammlung. Und irgendwann gab es dann Bücher wie *Warum unsere Kinder Tyrannen werden,* spitzzüngige Kolumnen und Talkshows zu dem Thema, und wir mussten einsehen, dass wir einfach nicht schnell genug gewesen waren. Wenn ein Thema in der Luft liegt, hat man eigentlich keine Chance, wenn man nicht schon die Kanäle hat. Wenn man sich erst einen Verlag suchen, ein Exposé dafür schreiben muss usw., und das alles ohne schicken Agenten, kann man sich die Mühe sparen. Und so blieb es bei etlichen scharfen Bemerkungen und Bildern in unserem Roman *Aus dem Leben des Manuel Zorn,* der 2005 erschien und noch expliziter in unserem Erzählband *Tamara und Konsorten.*

Aber immer noch regt sich Rev jedes Mal auf, wenn auf NDR-Info die Kindernachrichten kommen. »Damit nimmt man Kindern das Recht auf ihre Kindheit! Was sollen sich Kinder mit der Finanzkrise und den Präsidentschaftswahlen in den USA herumplagen? Diese ganze Scheiße kommt doch früh genug! Ich finde es eine Unverschämtheit, sie derart zu versauen. Und die Kinder, die da mitmachen (es gab zu jedem Thema ein paar Kommentare von Kindern vorweg, bevor eine pädagogische Stimme den Sachverhalt erklärte), das sind die, die dann später Klassensprecher werden und noch später eine Bürgerinitiative gründen gegen den Aldi, der in ihrem Viertel gebaut werden soll.«

Rev steht grundsätzlich allen Maßnahmen, die ein Kind zu einem *verantwortungsvollen Mitglied der Gesellschaft* machen sollen, ablehnend gegenüber, weil er die Gesellschaft als Feind sieht. Als hierarchisches, ungesundes Geflecht, das allem Individuellen die Luft abdrückt und dafür sorgt, dass freie Entfaltung unterdrückt wird. Man kann sich vorstellen, wie diese Einstellung mit dem Demokratiebewusstsein der meisten Mitmenschen kollidiert.

2011 saßen wir mit Helge, einem Freund von Rev, an der Musik zur Kinderserie *Conni*. Das war wieder so ein pädagogischer Schwachsinn. Es geht in allen Folgen nur darum, Conni möglichst schnell zu einer Erwachsenen zu machen. Also: *Conni lernt schwimmen, Conni backt Pizza, Conni geht reiten* ... Da war nichts fantasievoll, unlogisch, verrückt, wie kindliches Bewusstsein eben tickt und was ja auch so toll daran ist. Nein, Conni soll möglichst schnell lernen, wie man funktioniert. Wir konnten nicht anders und schickten uns untereinander Mails mit versautesten Variationen der braven Songtexte. Und als die CD rauskam und Rev das Cover sah, mailte er Helge und mir: »Conni ist so scheiße, dass man mit ihr Pädophile therapieren könnte.«

Saubere Charaktere

taz : Im Song »Tausendschön« heißt es: »Im Grunde deines Wesens bist du ein schmutziger Charakter«.

Klotz: Na ja, das beruht auf Gegenseitigkeit. Man darf aber die zweite Zeile nicht vergessen: »Im Grunde meines Wesens fand ich es sehr sehr schön«.

Dabeler: Mir sind saubere Charaktere eher unheimlich.

Klotz: Genau, das ist verlogen, sauber.

Auszug aus dem letzten Klotz-Dabeler-Interview in der taz vom 19.08.2013

Fender

Fender sind zylindrisch- oder kugelförmige Polster. In der Regel aus Kunststoff, meist mit Luft gefüllt, die zum Schutz des Rumpfes zwischen Kaimauer und Yacht gehängt werden. Während der Fahrt auf See werden diese in Backskisten oder unter Deck verstaut. Aufgrund ihrer runden Form folgen sie gerne der Schiffsbewegung und purzeln dabei herum. Sehr nervig, daher verkeilt man sie am besten irgendwo. Man ist meist zu faul, dafür extra unter Deck zu gehen, und versucht sie daher, mit geschicktem Wurf von oben, zwischen Maststütze und Vorschiffskoje zu verstauen. Aber sie sind eigenwillig und fügen sich manchmal ungern in ihr begrenztes Joch. Sie wollen lieber lustig in der Kajüte herumtanzen. Nach zwei, drei missglückten Würfen, wenn man sich genervt unter Deck begeben muss, um sie einzufangen, sind es keine einfachen Fender mehr. Dann sind es Fotzenfenderschweine.

Das soll ich gesagt haben. Laut Almut zumindest.

Reverend Christian Dabeler, März 2016

Nachwort

»Ich habe eine Aversion gegen den Dadaismus gehabt. Es waren mir zu viele Leute entzückt davon.«
Emmy Hennings

Künstlerpaare: Ihr Leben bietet immer wieder Stoff für viele Spekulationen, TV-Dramen. Selten aber äußern sich die Liebenden selbst zu ihrer Beziehung, oder sie nutzen diverse Arten der Verfremdung, um sich nicht allzu nackt zu machen. Briefwechsel gibt es zuhauf, ja, doch selbst diese Liebesbriefe richten sich zumeist an einen geliebten Empfänger, sodass in diesen selbst dann, wenn heftig vermisst oder angeklagt wird, immer auch ein kalkulierter Effekt erzielt werden soll, von Unmittelbarkeit kann in solchen Fällen kaum gesprochen werden.

Nur wenige Künstlerinnen und Künstler, Emmy Hennings etwa, berichteten recht schonungslos von ihrer Beziehung. Und selbst sie tat dies nicht ohne Verklärung, nach dem Tod Hugo Balls rückte sie ihre gemeinsame Zeit in ein geradezu mystisches Licht – und trotzdem versuchte sie nicht, sich bei den Leserinnen und Lesern ihrer autobiografischen Texte anzubiedern. Sie schrieb sie ganz offenkundig immer für sich, weniger zur Selbstdarstellung als zur Selbstvergewisserung.

Das Paar Hennings und Ball, das im Februar 1916 mit der Eröffnung des Cabarets Voltaire den Dadaismus begründete, war sehr ernst im Umgang mit der Welt und mit sich. Die »Fremde in der Fremde«, wie der Mit-Dadaist Tristan Tzara Emmy Hennings einmal nannte, und ihr hagerer Geliebter waren hart gegen sich selbst, ob als Künstler, ob als Liebende, oder bei der Beschaffung von Geld. Hennings schrieb ungeschönt über ihre Arbeit als Gelegenheitsprostituierte und über ihre Monate im Gefängnis, in dem sie einerseits wegen Diebstahls einsaß, andererseits aber, da sie zurecht verdächtigt wurde, Hilfe zur Fahnenflucht leisten zu wollen. Die 1885 geborene Tochter eines Flensburger Schiffbauarbeiters, die stets arm blieb, kümmerte sich kaum um Reichtümer, lieber kämpfte sie mit Leidenschaft gegen den Ersten Weltkrieg oder setzte sich vorbehaltlos für ihren früheren Liebhaber Erich Mühsam ein, als die Nazis diesen 1933 im KZ inhaftierten und später ermordeten. Viele andere Freundinnen und Freunde Mühsams duckten sich damals weg.

Mit Hugo Ball, den sie 1914 kennenlernte, als sie als Diseuse im legendären Münchener Simpl arbeitete, verband Emmy Hennings über die Liebe hinaus ein mühevoll errungenes künstlerisches Selbstbild, eine Klarheit in den Ansichten und der Katholizismus, all das wiederum wurde durch ihre Liebe gestärkt. So fand sich etwa in beider Wohnung, die mehr als bescheiden war, ein Marienaltar. Künstlerkollegen berichteten belustigt davon. Und bereits in den Anfangstagen des Dadaismus amüsierten sich die anderen Dadaisten über das seltsame Paar, dem sie so viel zu verdanken hatten, während Hennings und Ball dem neuen Ismus schon zur Zeit der ersten Erfolge distanziert gegenüberstanden. Sie waren lieber arm als inkonsequent.

Auch Almut Klotz-Dabeler und ihr späterer Ehemann mussten sich, wie dieses Buch beschreibt, langsam finden, um dann so zusammenhalten zu können, wie sie es bis zuletzt taten. Und dieses Buch wirkt sehr schonungslos, nicht nur, weil es Fragment blieb. Viele, die es lesen werden, werden davon überrascht sein, denn es berichtet nicht nur Schönes aus dem Leben der Indie-Pop-Boheme.

Almut Klotz begegnete einem stets freundlich, unsicher aber war sie nicht. Zudem nicht einfach zu überzeugen. Sie war sehr unabhängig. Dafür nahm sie Verluste in Kauf.

Als Almut Klotz 2013 starb, erschienen in allen großen Zeitungen und Pop-Medien Nachrufe auf sie. Und beinahe all diese Nachrufe begannen mit dem Wort »Ich«. Denn eine jede und ein jeder meinte, ein persönliches Verhältnis zu ihr aufgebaut zu haben, kaum dass man sich nur einmal irgendwo kurz getroffen hatte. Warum sich alle für befreundet hielten und wie Almut Klotz darüber dachte, kann in diesem Buch nachgelesen werden.

Der Autor dieses Nachwortes kannte Almut Klotz ebenfalls. Für die, die sie nicht kennen: Sie ist im Schwarzwald aufgewachsen, die badische Sprachfärbung blieb auch in Berlin unüberhörbar. 1985 zog sie nach Berlin-Kreuzberg. Im legendären Fischbüro, einem Vorläufer des Tresor, traf sie auf Christiane Rösinger, mit dieser und anderen Musikerinnen und Musikern gründete sie die Band Lassie Singers, die bis zu ihrem Ende im Jahre 1998, zehn Jahre nach der Gründung, für einige Furore sorgte und den ein oder anderen bis heute in Indie-Discos oft gespielten Independent-Hit hatte. Die Alben hießen »Die Lassie Singers helfen Dir«, »Sei À Go Go«, »Stadt, Land, Verbrechen« und »Hotel Hotel«, eine Art Werkausgabe findet sich auf den CDs »Rest Of« und »Best Of«, die im Jahr der Bandauflösung erschienen.

Später war sie kurzzeitig Teil der Bands Parole Trixi und Maxi unter Menschen, zudem betrieb sie mit Christiane Rösinger zusammen eine Zeit lang die Flittchenbar, im ersten Stock des Maria am Ostbahnhof, und das gemeinsame Label Flittchen Records. 2001 begründete sie den Popchor Berlin, der Coverversionen von Popsongs sang, die extra für diesen Chor von verschiedenen Musikerinnen und Musikern neu arrangiert worden waren. Die Einspielungen des Popchors wurden auf zwei CDs verewigt.

Nachdem sie Reverend Christian Dabeler kennenlernte, gründete sie mit ihm ein Popduo, das sie zunächst Europa nannten, das dann aber als Klotz+Dabeler und zuletzt als Almut Klotz & Reverend Dabeler firmierte. Das erste gemeinsame Album trug den Titel »Menschen an sich«, das zweite und letzte Album der beiden, »Lass die Lady rein«, erschien 2013, wenige Wochen nach Klotz' Tod.

Almut Klotz hatte bereits vor der Jahrtausendwende als freie Autorin gearbeitet und Texte für die taz und Kolumnen in der Berliner Zeitung geschrieben, zudem Texte für Anthologien. Mit Dabeler zusammen bildete sie ein Autorenduo, gemeinsam veröffentlichten sie den Roman »Aus dem Leben des Manuel Zorn« und den Erzählungsband »Tamara und Konsorten«.

Am 15. August 2013 erlag sie im Alter von 51 Jahren einem Krebsleiden. Alles weitere, was sie aus ihrer Biografie für mitteilenswert hielt, steht in diesem Buch.

An diesem Fragment schrieb Almut Klotz in den letzten Monaten ihres Lebens. Klotz' Sohn, Aaron Klotz, und Reverend Christian Dabeler, die zusammen Herausgeber des Textes sind, wussten von dem Vorhaben, durften allerdings zu Almut Klotz' Lebzeiten nie darin lesen. Warum, erklärt sich schnell: Das Buch war einfach noch nicht fertig.

Almut Klotz war, obwohl sie sich selbst als faul bezichtigte, eine akribische Textarbeiterin, der hier vorliegende Teil erschien ihr sicher noch nicht vorzeigbar genug. Und schließlich hatte sie nicht mehr die Zeit, den Text fertigzustellen. Die Unmittelbarkeit, oft geradezu schamlose Offenheit, die das Buch an vielen Stellen aufweist, und die sprachlichen Fehler, die ihr mitunter unterlaufen sind, legen zudem die Vermutung nahe, dass sie die geschriebenen Kapitel nach der ersten Niederschrift kaum überarbeitet hat.

Dennoch hat das Buch eine so große Wucht – es greift die, die es lesen, an und berührt nicht nur diejenigen, die namentlich darin vorkommen. Im Gegenteil: Vieles von dem, was Almut Klotz hier über das Sich-Zusammenraufen von zwei Liebenden erzählt, kennt man, würde es öffentlich jedoch nie eingestehen. Sich wirklich dauerhaft zu lieben, sich lieben zu lernen, das ist nicht einfach.

Dass dieser Text veröffentlicht wird, war Almut Klotz' ausdrücklicher Wille. Wie das Buch weitergegangen wäre, das nun so abrupt abbricht, kann leider nur gemutmaßt werden. Eine Art »Bauplan« ist nicht überliefert. Der Titel »Fotzenfenderschweine«, den sie selbst dem Text gegeben hat, bezieht sich auf ein Erlebnis mit Reverend Christian Dabeler, leider findet es sich im Buchfragment selbst nicht wieder – der Titel stand jedoch fest. Worum es sich bei den titelgebenden Fendern handelt, erklärt Dabeler in einer kurzen Anmerkung, die vor diesem Nachwort zu lesen ist.

Almut Klotz' letztes Buch erscheint hier genau so, wie sie es hinterlassen hat. Die Herausgeber haben nichts verändert, selbst an den Textstellen nicht, in denen sie nicht so gut dastehen oder bei denen sie sich anders an Sätze oder Ereignisse erinnern. Das ist, angesichts des sehr privaten Charakters dieses Werkes, nicht genug anzuerkennen.

Lediglich offenkundige sachliche Fehler wurden korrigiert, und die Rechtschreibung, Grammatik und Zeichensetzung wurden, wo nötig, geändert. Die Herausgeber sind sich sicher, dabei in Klotz' Sinne gehandelt zu haben, sie selbst hat ja beschrieben, wie sehr sie sich über Fehler aufregen konnte. Wo sie als Platzhalter ein »xxx« geschrieben hat, blieb dieses so erhalten, da sich diese Stellen oft nicht eindeutig aufschlüsseln ließen.

Das Buch »Fotzenfenderschweine« von Almut Klotz ist mitreißend und berührend. Das liegt nicht daran, dass es Fragment geblieben ist. Vielleicht hätte die Autorin noch hier und da eine Stelle umgeschrieben, vielleicht diesen und jenen Satz abgeschwächt oder verschärft, doch die Art, wie sie arbeitete, und die direkte Adressierung ihrer Leserinnen und Leser legt den Gedanken nahe, dass sie genau das veröffentlichen wollte, was hier zu lesen ist.

Selbstvergewisserung erscheint dabei weniger als ihr Motiv, hier geht es eher darum, der eigenen Liebe ein Denkmal zu setzen, sie verständlich zu machen. Almut Klotz wollte nicht so sehr reflektieren, sie wollte zeigen – eine Liebe, wie sie sein kann, wie man sie leben kann, allen Widersprüchen zum Trotz.

Jörg Sundermeier, März 2016

Der untergehende Leuchtturm in den Dünen. Die Begegnung wurde begleitendes, schicksalhaftes Symbol für uns. Denn wir trafen uns unbewusst gelenkt, immer dort wieder, wo es uns galt Signale aus untergehenden Welten zu senden. Vielleicht erklärt sich so, warum einige unserer Songtexte unter Wasser und im Zeitlosen angesiedelt sind.

Aarons phallische Raketenarmee. Die letzten geretteten Exponate. Hoffentlich werden sie in 2000 Jahren gefunden und kommen in ein archäologisches Museum. Sie dann zu interpretieren würde wohl Wahres über das Raketenzeitalter sprechen.

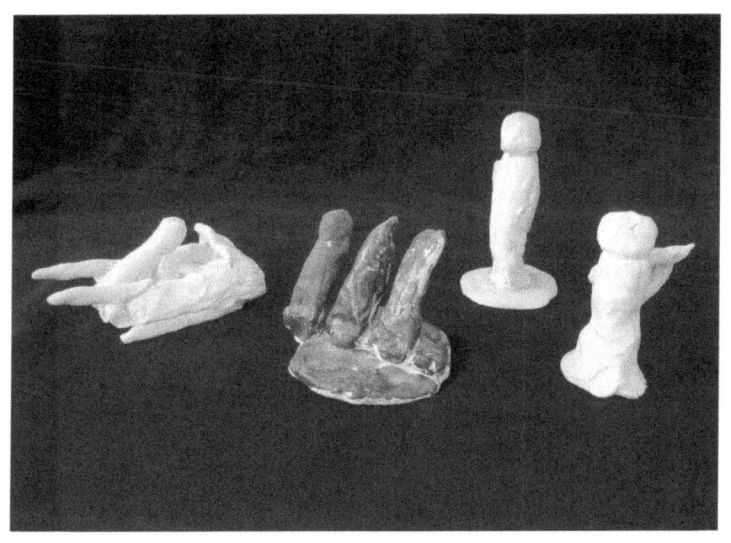

Unsere erste gemeinsame Lesung im Rahmen einer Verbrecherversammlung.

Schön war es, auch wenn wir noch nicht wussten, dass wir aus einem entstehenden Roman lesen. Unser aufrichtiger Dank galt immer Jörg und Werner von den Verbrechern – nicht nur für den Champagner danach. Denn vielleicht – kluge Almut – wären wir ohne diesen Abend nicht zusammengeblieben.

Der bewusste Flyer zu der erwähnten Tournee mit Fehmi und Jim.

Aus dem Archiv P. Kowalenko.

Heiligabend. Das Publikum war vollgemampft und träge. Als wir nach unserer ersten Rutsche in die Backstage kamen, meinten die anderen Künstler etwas genervt, aber auch bewundernd: »Bei euch läuft's ja super.« Was sie nicht wussten: die frenetischen Lacher, die sie gehört haben, hatten wir als Performancebestandteil selbst eingespielt. Wir haben es nicht aufgeklärt.

Heiligabend 2003: Verbrecherversammlung

Lametta Spezial

Große Twelvetwentyfour-Revue

Jim Avignon als Neoangin · Reverend Chr. Dabeler
Marc Weiser als Marc Marcovic · Dietrich Kuhlbrodt
Almut Klotz · Max Müller · Wolfgang Müller · Sarah Schmidt

24.12. 22:30h

Volksbühne am Rosa-Luxemburg-Platz

Nachdem wir mit Robin eine erste Session für unser letztes Album »Lass die Lady rein« hatten, waren wir begeistert und baten um eine weitere. Wir wollten dann doch mal dieses Taylor-Burton-Ding abgelichtet sehen. Das schwebte ja eh immer über uns.

Abbildungen

Fender (S. 110): Rev. Christian Dabeler
Leuchtturm (S. 121): Almut Klotz
Aarons Army (S. 123): Petra Kowalenko
Flyer Manuel Zorn (S. 125): Rev. Christian Dabeler
Flyer Almut, Fehmi, Jim (S. 127): Eigene Veranstaltung
Volksbühnenplakat (S. 129): Rev. Christian Dabeler
Promofoto Staatsakt (S. 131): Robin Hinsch
Bahnschienen (S. 133): Nelja Stump

Die Texte zu den Bildern stammen von Rev. Christian Dabeler.

VERBRECHER VERLAG

David Wagner
SICH VERLIEBEN HILFT
Über Bücher und Serien

Leineneinband
144 Seiten
19,00 €

ISBN: 978-3-95732-157-2

David Wagner streift durch Bücher und Bibliotheken, liest auf Elba, in Österreich und im Internet. Er findet Bücher auf der Straße und in seiner Küche, wandert mit dem »Goldenen Esel« des Apuleius durch Thessalien, fährt mit Tony Soprano durch New Jersey und mit Iris Hanika zu Ikea in Berlin-Spandau.

Wagner erzählt vom Lesen und vom Schreiben in London und Venedig, spaziert zu Neuerscheinungen von Krisztina Tóth, Emmanuel Carrère oder Nicholson Baker, besichtigt Klassiker wie »Robinson Crusoe« und »Der Graf von Monte Christo« oder liegt mit dem Notebook im Bett und schaut Serien. Dabei zeigt er sich, wie Michael Buselmeier im Saarländischen Rundfunk lobte, als »einfühlsamer, fabelhaft lockerer und witziger Essayist«.

Verbrecher Verlag | Gneisenaustraße 2a | 10961 Berlin | info@verbrecherei.de
www.verbrecherei.de

VERBRECHER VERLAG

Lisa Kränzler
NACHHINEIN
Roman

272 Seiten
Hardcover
22 €

ISBN: 978-3-943167-16-0

Der Roman »Nachhinein« erzählt von der Entwicklung zweier Mädchen und ihrer schwierigen Freundschaft. Zwischen beiden gibt es einen wesentlichen Unterschied: Die eine wächst gut behütet auf und wird geliebt, darf sogar rebellisch sein, die andere hingegen kommt aus schwierigen sozialen Verhältnissen, wird angegriffen und in ihrer Familie missbraucht. Bald verändert dies auch die Beziehung der Mädchen zueinander, die von kindlicher Liebe, bald auch von Eifersucht und erwachender Sexualität, von Machtspielen und Grausamkeit geprägt wird. Bis die Ereignisse außer Kontrolle geraten ...

Lisa Kränzler gewann beim Ingeborg Bachmann-Wettbewerb 2012 den 3sat-Preis für einen Ausschnitt aus »Nachhinein«. Mit diesem Roman wurde sie zudem 2013 für den Preis der Leipziger Buchmesse nominiert und erhielt das Märkische Stipendium für Literatur 2014 und den Reinhold-Schneider-Förderpreis der Stadt Freiburg.

Sie erzählt so akribisch, als führe sie mit der Lupe einen Filmstreifen ab – und schafft dadurch Sätze zum Einrahmen. Dass die betörenden Sprachbilder mit einem oft grausamen Stoff kollidieren: ein Glücksgriff.
Kaspar Heinrich / KulturSPIEGEL

Lisa Kränzler hat mit »Nachhinein« einen Roman aus dem Epizentrum unserer Zeit geschrieben.
Volker Weidermann / Frankfurter Allgemeine Sonntagszeitung

Verbrecher Verlag | Gneisenaustraße 2a | 10961 Berlin | info@verbrecherei.de
www.verbrecherei.de

VERBRECHER VERLAG

Detlev van Heest
**JUNGLAUB.
JAHRE IN JAPAN**

600 Seiten
Hardcover
24 €

ISBN: 9783957321589

Japan zur Jahrtausendwende. Ein niederländisch-deutsches Ehepaar lebt seit Jahren in Chōfu, in einer Siedlung genannt Junglaub, einer kleinen Stadt etwa zwanzig Kilometer vom Zentrum Tokios entfernt. Er, Detlev van Heest, die Japaner nennen ihn Heesto-san, arbeitet als Auslandskorrespondent für niederländische Zeitungen, seine Frau Annelotte in einer japanischen Importfirma für holländische Blumen.

Heestos Produktivität als Journalist ist versiegt, stattdessen schreibt er über seine Nachbarn, wie die zunehmend vergessliche, liebenswerte Frau Suzuki, einen krebskranken Friseur Herrn Bohrinsel, das bitterarme Musikerehepaar Herrn und Frau Siebenseen, den Koch Kenzo, der es an keiner seiner zahlreichen Arbeitsstellen lange aushält oder den steinalten Herrn van Tricht, bei dem nicht ganz klar ist, ob er während des Zweiten Weltkriegs als japanischer Soldat in Südostasien an Kriegsverbrechen beteiligt war …

Im großen Roman »Junglaub« leben die Menschen ihr Leben, meist nebeneinanderher und manchmal auch ein bisschen miteinander. Sie kämpfen mit ihren kleinen und großen Alltagssorgen, klatschen, trinken grünen Tee, grübeln, werden krank, sterben. Und alle reden sie mit Herrn Heesto. Der wiederum diese Gespräche festhält und sie in seinem Buch präsentiert – und damit dem Leser einen neuen, anderen Blick auf Japan ermöglicht. »Junglaub« zeichnet den allmählichen Zerfall einer vergreisenden Gesellschaft am Beispiel seiner zahlreichen Protagonisten. Sein Autor Detlev van Heest schildert in seinem Debütroman den Mikrokosmos des heutigen Japan.

Verbrecher Verlag | Gneisenaustraße 2a | 10961 Berlin | info@verbrecherei.de
www.verbrecherei.de

VERBRECHER VERLAG

Sarah Schmidt
**EINE TONNE
FÜR FRAU SCHOLZ**
Roman

224 Seiten
Hardcover
19 v€

ISBN: 978-3-943167-78-8

Nina Krone wohnt im letzten unsanierten Mietshaus der Gegend, klar, dass man hier noch mit Kohle heizt. Und keiner der Nachbarn ist unter 50 Jahre alt. Eines Tages kann sie es nicht mehr ertragen, das Leiden an der Welt, das ihre Nachbarin, Frau Scholz, vor sich herträgt. Um ihr demonstratives Schnaufen beim Kohleschleppen nicht mehr mit ansehen zu müssen, beginnt sie damit, ihr jeden Tag einen Eimer Briketts vor die Tür zu stellen. Das freut Frau Scholz zuerst gar nicht, doch dadurch kommen sie ins Gespräch ...

Auch Nina hat ihr Päckchen zu tragen: Ihre Arbeit frustriert sie, ihr Chef wird immer seltsamer und ihre Freunde, tja, da gibt es nicht viele. Sie steckt in einer Sinnkrise, und zu allem Überfluss konfrontiert ihr Sohn Rafi sie mit der Nachricht, dass er und sein Freund zusammen mit einem lesbischen Pärchen ein Kind bekommen möchten. Ihre Tochter Ella wiederum wirkt so diszipliniert und nur auf ihr berufliches Fortkommen fixiert, geradezu unheimlich ...

Sarah Schmidt ist ein klug-komischer Berlin-Roman über die eigene Generation gelungen.
Mareike Ilsemann / WDR 5 - Bücher

»Eine Tonne für Frau Scholz« ist tieftraurig und macht dennoch glücklich, weil es sich den großen philosophischen Fragen des Lebens auf irrsinnig witzige Art nähert.
Christian Baron / Neues Deutschland

Verbrecher Verlag | Gneisenaustraße 2a | 10961 Berlin | info@verbrecherei.de
www.verbrecherei.de

VERBRECHER VERLAG

Gisela Elsner
DIE TEUFLISCHE KOMÖDIE
Romanfragment

*Herausgegeben von
Christine Künzel*

320 Seiten
Broschur
16 €

ISBN: 9783957321183

Ort: die Erde. Zeit: die nähere oder fernere Zukunft – nach dem Zusammenbruch eines Vierten Reichs. Der Menschheit droht die Vernichtung durch einen nuklearen Krieg. Die Regierungsmitglieder der wichtigsten westlichen Staaten haben sich in Satelliten geflüchtet, um dem Inferno zu entgehen. Doch dann kommt alles ganz anders: Die Welt wird in letzter Minute gerettet – und zwar durch eine Revolution. Die sogenannten Gleichmacher versuchen, nach ihrem Sieg ein sozialistisches System zu etablieren – nicht gewaltfrei. Es wird grausam gefoltert und leidenschaftlich hingerichtet.

Doch bei Gisela Elsner wird die Racheorgie bis zur Burleske getrieben. Nach dem Vorbild der russischen Revolution werden Volkskommissare eingesetzt, um eine provisorische Regierung zu bilden. Elsner hatte offenbar Spaß daran, die absurdesten Kommissariate zu erfinden, so einen Volkskommissar für Meinungsmanipulationsahndung, eine Volkskommissarin für Familienentflechtung oder gar einen Volkskommissar für Bourgeoisieerrungenschaftsentrümpelung.

Erzählt wird aus der Perspektive eines Vertreters des kapitalistischen Systems, des ehemals prominenten Fernsehkommentators Benno Flex. Durch diesen »Kunstgriff« solle sich das kapitalistische System selbst entlarven – so die Hoffnung Elsners. 1986, als sie mit der Arbeit an dem Manuskript begann, war dies noch vorstellbar. Doch das sollte sich mit dem Zusammenbruch der Sowjetunion und der verbündeten sozialistischen Staaten ändern. So blieb der Text ein Fragment – ein sehr umfangreiches und von der Idee her ausgereiftes.

Verbrecher Verlag | Gneisenaustraße 2a | 10961 Berlin | info@verbrecherei.de
www.verbrecherei.de

VERBRECHER VERLAG

Jim Avignon
WELT UND WISSEN
Bilder und Geschichten

180 Seiten
80 farbige Abbildungen
Broschur
14 €

ISBN: 978-3-93584-316-4

Dieses Buch zeigt die Welt, was wir von ihr wissen und mehr. Jim Avignons Bilder sind detailgetreu und wahrhaftig. Hierzu steuern seine Freundinnen und Freunde teils besinnliche, teils heitere Texte bei, so dass die Welterfahrung komplett wird. Erfasst werden hier in ihrer Gänze die Beschaffenheiten der Natur- und Geisteswissenschaften. Edel ist dieses Unterfangen und auch hilfreich und gut.

Texte von Marcus Bastel, Fehmi Baumbach, Françoise Cactus, Tom Combo, Verena Sarah Diehl, Dietmar Dath, Christian Gasser, Tobias Hülswitt, Almut Klotz, Kirsten Küppers, Britta Lange, Kolja Mensing, Moritz Metz, Kathrin Passig, Andreas Rüttenauer, Ira Strübel, Florian Thalhofer, Linus Volkmann, David Wagner, Marc Weiser und Hartmut Ziegler.

Verbrecher Verlag | Gneisenaustraße 2a | 10961 Berlin | info@verbrecherei.de
www.verbrecherei.de